图书在版编目（CIP）数据

北方的白桦树：布宁诗选 /（俄罗斯）布宁著；陈馥译 . —北京：人民文学出版社，2018
（蓝色花诗丛）
ISBN 978-7-02-013836-4

Ⅰ. ①北… Ⅱ. ①布… ②陈… Ⅲ. ①诗集—俄罗斯—现代 Ⅳ. ① I512.25

中国版本图书馆 CIP 数据核字（2018）第 030845 号

出版统筹　仝保民
责任编辑　陈　黎
特约策划　李江华
特约编辑　杜婵婵
封扉设计　陶　雷

出版发行　人民文学出版社
社　　址　北京市朝内大街 166 号
邮政编码　100705
网　　址　http://www.rw-cn.com
印　　刷　三河市详宏印务有限公司
经　　销　全国新华书店等
字　　数　140 千字
开　　本　787 毫米 ×1092 毫米　1/32
印　　张　6.5
印　　数　1— 6000
版　　次　2018 年 9 月北京第 1 版
印　　次　2018 年 9 月第 1 次印刷

书　　号　978-7-02-013836-4
定　　价　39.00 元

编者的话

“蓝色花”最早源于德国诗人诺瓦利斯的一部作品，被认为是浪漫主义的象征。蓝色纯净，深邃，高雅；蓝色花，是诗人倾听天籁的寄托，打磨诗艺的完美呈现。在此，我们借用上述寓意编纂“蓝色花诗丛”，以表达诗歌空间的纯粹性。

这套“诗丛”不局限于浪漫主义，公认优秀的外国诗歌，不分国别、语种、流派，都在甄选之列。我们尽力选择诗人的重要作品来结集，译者亦为一流翻译家。本着优中选精、萃华撷英的原则，给读者提供更权威的版本，将阅读视野引向更高远的层次。同时，我们十分期待诗坛、学界和广大读者的建设性意见。

二〇一五年五月

说明：

本诗集主要由陈馥译。此外，《诗人》一首由魏荒弩译，并收录了乌兰汗与谷羽的部分译作。

目　　录

诗　选

散文诗选

附录

诗 选

诗　人

忧郁的艰苦的诗人，
你为贫苦所迫的穷人，
你无须总想要
自己身上赤贫的锁绳！

你用不着以轻蔑的态度
去战胜自己的种种不幸，
你，喜欢光明的憧憬，
你要热爱，你要深信！

贫苦常使光辉的思想
和美好的梦幻感到乏味，
它迫使人们忘记幻想，
引人流出痛苦的眼泪。

当苦难把你折磨得精疲力竭，
已然忘记那无效的繁重劳动，
你会活活饿死——人们将在
你墓前的十字架上插满花丛！

一八八六年

（此诗为魏荒弩译）

悼纳德松*

诗人在他的盛年
永远闭上了双目；
死神摘下他的冠冕，
随之放进他的坟墓。
在晴空万里的克里木，
年轻的生命就此结束；
诗人的宏伟的天赋
也藏进了他的棺木，
连同充满爱的火热的心，
还有神圣的诗歌的梦境！……

他的生命短促，然而高尚，

---

* 作者于一八八七年发表的第一首诗，时年十七岁。

自幼服务于艺术的殿堂；
他有诗人的名加诗人的魂，
既非冒牌，亦非冷漠无情；
诗歌的强大力量
活跃着他的想象；
他的心喷涌着灵气，
燃着炽热真挚的爱！
他高贵的心深深蔑视
仇恨与熏心的利欲……
也许此生他本该
如大鹏展翅高飞！……

然而飞得快的死神
却冻上了他的双唇，
又以题词凄凉的墓碑
盖住了他冰凉的尸身。
诗人沉默了……然而
他将活在历史传说里，
他用诗琴歌颂的祖国
永远不会把他忘记！

“安息吧！”我悲哀地说，
同时用这只稚嫩的手
将自己的一片花瓣
编入诗人墓上的桂冠。

一八八七年

乡村乞丐

大路边的橡树荫里，
躺着残废的老乞丐；
他头上有烈日烘烤，
他身上只有破呢袍。

长途跋涉使他疲惫，
他在田间躺下休息……
骄阳炙着他的双足、
裸露的脖子和胸脯……

显然，是贫困击倒了他；
显然，他找不到栖身地。
命运无情地迫使他
含泪在他人窗下叹息……

首都见不到这般景象……
让贫穷折磨成这样，
即便在铁窗后的牢房
也难见到如此惨状。

他度过了漫长的一生，
他的一生充满了艰辛。
而今到了就木之年，
他的气力已经用尽。

他走过一村又一村，
气衰力竭哀告声微。
死期虽近，苦难未尽，
不幸的老人还要面对。

他睡着了……醒来以后
仍需继续乞求，乞求……
看到罗斯这般困苦，
心里如何能不难受！

一八八七年

野　花

在那玻璃房里的灯光下，
艳丽地开着些名贵的花；
花儿们吐着淡淡的甜香，
托起它们的茎叶多漂亮。

它们在温室里娇生惯养，
它们都来自海外的他乡；
搅雪风不会来惊吓它们，
雷雨夜凉也不折磨它们……

我的故乡有它们的兄妹，
是些开在野地里的草花；
培育它们的是馥郁的春天，
在五月森林草地的绿茵间。

它们看到的不是温室，
而是广袤无垠的蓝天；
不是温室的灯光,而是
永恒星座的神秘图案。

它们的美丽含着羞涩，
叫人觉得悦目而亲切。
它们诉说着过去的那些
早已被遗忘的光辉岁月。

一八八七年

田野像无边的海洋……

田野像无边的海洋，渐渐黯淡，
吞没了忧郁的霞光；
朦胧的夜影浮游于草原之上，
　　　　追随着无言的霞光。

只有黄鼠在黑麦间吱吱地叫，
还有跳鼠，神秘似幽灵，
在地界上无声地向前急跳，
　　　　忽然失却了踪影……

一八八七年

儿时我爱教堂的黝黯……

儿时我爱教堂的黝黯，
尤其在夜晚时分，
当它被烛光照亮，
面对祈祷的芸芸众生。
儿时我爱彻夜的礼拜，
听人们在一起唱念，
句句是内心的独白，
忏悔自己的过失罪愆。
我在入口的廊上伫立，
在人群后面缄默无语。
我带到那里去的是
心中的快乐和伤悲。
每当唱诗班轻声颂赞
《静静的光》，我感动得

忘记了不安和忐忑，
心亮成一团欢乐的光……

一八八八年

茨冈姑娘

前头是大路，篷车，
老狗紧跟在车侧——
前头又有自由，草原，
开阔的空间，无垠的天。

她装模作样落在后头，
熟练地嗑着葵花子儿。
她说，她的心给蜇了，
那毒液像火一样烧燎。

她说……可黑炭似的眸子
为什么要把秋波暗递，
如太阳，如金子一般？
可又漠然，与我无关。

多少层裙子！标致的脚
套着一双合适的皮靴，
苗条的身躯不安地扭着，
黝黑的双颊简直是瑰宝……

前头是大路，篷车，
老狗紧跟在车侧，
幸福，青春，放浪，
草原，天空，太阳。

一八八九年

鸟儿不见了……*

鸟儿不见了。树林顺从地凋萎，
落尽了叶子，病恹恹的。
蘑菇没有了，可它的潮味
留在生菌的河谷，浓浓的。

荒野变矮了，透亮了，
灌木丛中的草倒下了；
在秋雨的淫威之下，
落叶腐烂着，更黑了。

野地里刮着风，天气寒凉，
阴沉，但爽朗；整天整天

---

* 高尔基曾经提到托尔斯泰称赞这首诗写得很好，描写准确。

我在空旷的草原上逛，
远离大大小小的村庄。

马蹄为我唱着眠歌，
我满心欢喜地聆听
那野地的风是如何
对着枪筒单调地哼。

一八八九年

我头上是灰色的天宇……

我头上是灰色的天宇，
树林开了天窗，脱了衣裳。
我脚下的林间通道旁，
黄叶间夹着黑色污泥。

上面是寒冷的喧嚣，
下面是凋萎的沉默……
我的青春是——漂泊
加独自思索的快乐！

一八八九年

草原上

昨天在草原上我的耳际
传来一阵雁鸣,是野性的,
在寂静的田野上空逝去……
一路平安！它们不留恋这里,
在温暖的蓝色的大海那边,
有一片繁花似锦的新天地,
一个新的春天就等在前面;
可阴郁的寒冬要来到这里,
草原枯干,树林荒芜沉寂,
秋风驱赶着一团团的乌云,
暴露出树丛中野兽的踪影,
又将落叶填满沟壑与谷地,
而在夜晚的深沉的黑暗里,
树木的喧声伴着点点烛火,

那是神秘地明灭着的狼眼……
诚然,故乡此时让人难过!
向南迁徙的鸟儿啊,不过
你们的响亮呼声,自由而得意,
却并未唤起我心中的妒意。

凄凉严酷的季节即将来临,
露宿草原的只有灰色的雾,
在黎明的昏暗中只能辨出
雾障里有一些土岗的黑影。
向南迁徙的鸟儿啊,可是
我爱家乡的草原。贫瘠的村庄——
是我的故园;我回到这里,
厌倦了日日孤独的流浪,
懂得了家乡的凄清的美,
还有这美中包含的福气。

一些日子又有和风送暖,
太阳露出笑脸,照得耀眼,
树林、草原、古老的庄园、
林中的湿叶又感到了温暖;

看哪,一切重又喜气洋洋!
这种时候,迁徙的鸟儿啊,
我们这个地方又有多好啊!
在树枝赤裸发黑的林子里,
穿过白桦树的金黄色叶片,
我们看见的是温情的蓝天!
这种日子我喜欢四处游逛,
吸入那凋零的杨树的清香,
聆听飞来飞去的鸫鸟低鸣;
我爱独自跑到边远的田庄,
去观看秋播作物渐成绿茵,
耕地在阳光下像丝绒一样,
而远方的金黄色麦茬地上
罩着雾气——是透明的天青。

迁徙的鸟儿啊,当我无限惆怅
目送你们一群群飞向南方,
我的春天那时便向我呼唤——
是爱情与青春华年的梦幻!
昔日的幸福,逝去的时光
总浮上心头……可我不惋惜:

我的心已不似以往悲凉，
昔日活在我无言的心里。
这大千世界随处皆美，
一切于我都亲切可贵：
甚至大海彼岸的春光，
甚至北方贫瘠的田地，
迁徙的鸟儿啊，甚至
无法给予你们安慰的——
对悲苦的命运的顺随！

一八八九年

致故乡

故乡，他们嘲笑你，
故乡，他们指责你，
只因你全无一点装扮，
黑色的农舍显得穷酸……

在城里的朋友面前，
儿子竟然丧尽天良，
自愧有这样的亲娘——
疲惫，愁苦，上不得台面，

脸上挂着凄楚的微笑，
把千里外的他乡远眺，
珍藏着最后一枚铜板，
期待着再与爱儿相见。

一八九一年

在远离我的故乡的地方……

在远离我的故乡的地方，
我梦系着开阔幽静的村庄，
一株白桦就长在大路边，
冬麦、耕地，加上四月天。
清晨的天空蓝得温柔，
涟漪般的白云在飘浮，
白嘴鸦神气地踱步在犁后，
潮气升起在耕地上头……还有
云雀的颤音，多么响亮，
那歌声来自晴朗的天上。

在远离我的故乡的地方，
我梦系着新娘般的春天：
蓝色的双眸，瘦削的脸蛋，

匀称的身材，淡褐色长辫。
晴和的早晨她在野外多高兴！
她爱家乡，爱那草原与寂静，
贫瘠的北方与祥和的农耕；
她怀着敬意望着田地，
嘴在微笑，眼睛在沉思——
那是青春和幸福的第一春！

一八九三年

如果当时我能……

如果当时我能
只爱你一个人，
如果我也能忘记——
你已经忘记的事，

永恒的夜的永恒黑暗
不会让我恐惧不安，
我一定会高高兴兴
闭上我疲惫的眼睛！

一八九四年

我真幸福……

我真幸福，当你向我
送来你的蓝色的秋波，
它们闪着青春的希望，
好比万里无云的穹苍。

我真痛苦，当你低垂
黑黑的睫毛，沉默不语：
你爱着，却浑然不知，
羞怯地将爱藏在心底。

无论何时，无论何处，
在你身旁我心欢愉……
亲爱的！愿上帝祝福
你的青春和你的美丽！

一八九六年

向晚的天空……*

向晚的天空,你为何伤悲?
是否因为我难舍陆地,
无边的海洋又罩上了雾气,
　　太阳也远远地躲起?

向晚的天空,你为何美丽?
是否因为陆地已远去,
落霞也含着离情别绪
　　从航船的风帆上退去;

夜来海浪轻轻地喧响,
唱着眠歌催我入梦乡,

---

* 原题为《在海上》。

让孤独的心灵和伤感的遐想
漂浮在浩渺的水上？

一八九七年

田庄上*

蜡烛结了花,冬夜漫长……
你在暖炕上举起静静的目光——
用吉他把一支老歌吟唱,
它无牵无挂,豪迈而又忧伤。

“哪里去了,黄金般的幸福?
是谁把你扬弃到了野外?
逝去的日子没有回头路,
太阳不会从落处升上来!”

蜡烛结了花,冬夜漫漫……

---

* 这首诗写的是作者的父亲。田庄是一座小庄园,或者两三家农户在一起,独立于村子。

你耸起眉毛，目光黯然……
逝去的日子决不会回转！
你的过失不由我来审判！

一八九七年

我拉起你的手……

我拉起你的手久久注视，
你心醉神迷，害怕仰视；
在这只手上有整个的你，
我触到你的灵魂与肉体。

还要什么？有什么比这更甜蜜？
可你，雷电一样不安分的天使，
已经在我们头上飞翔，为的是
以致命的激情将我们击毙！

一八九八年

星　团*

向晚，沿着一条条小径我随意
　　漫步在瞌睡的湖畔。
满园是落叶与果实的扑鼻香气，
　　还有秋的干爽清凉。

园子早已变得疏朗，天上的群星
　　在枝条间闪着白光。
我慢慢前行，只有如死的寂静
　　独占着小径的幽暗。

夜凉中每一步听起来都很响。
　　星团好似皇家徽记，

---

* 最初发表的时候无题。

组成它们的粒粒钻石以寒光
　　映照着夜空的岑寂。

一八九八年

森林的寂静……*

森林的寂静里有着神秘的喧声，
秋在林间吟唱，走动，无形无影……
白昼一天暗似一天，于是又重闻
松涛伴和下的愁煞人的哀音。

“让黄叶去随风翻飞，
让它们扫除昔日的愁痕！
希望、悲伤、爱情——这些陈词，
就像枯萎的树叶，不会返青！”

黄叶飞向天涯，松林悲鸣……
在一片绝望的怨歌声中

---

* 原题为《秋》。

我听到的是对春的责问，
话里含着愁，温软动人。

无言的冬离我们还远……
心灵要再一次付与激情，
以悲为美，在悲中寻快感，
理智的声音——不听不听。

一八九八年

春天是多么绚丽……*

春天是多么绚丽，多么光明！
像往常一样，看着我的眼睛
并告诉我：你为何如此伤心？
又为何变得如此温柔可亲？

你不回答，柔弱得像小花一样……
哦，别说了罢！你无须对我讲，
我了解这种分手前的亲切温存——
又要剩我独自一人！

一八九九年

* 俄国著名钢琴家、作曲家谢·瓦·拉赫马尼诺夫（1873—1943）曾为这首诗谱曲。

叶落时节 *

森林宛如一座彩楼，
有浅紫，有金黄，有大红，
五色缤纷，喜气洋洋，
矗立在空廓的草地上。

白桦像雕刻的黄色花样，
在蔚蓝色的天幕上闪亮；
阴沉的云杉是顶楼，
槭树的空隙是窗牖，
这里一扇那里一扇，
都开向清澄的高天。

---

* 最初有副标题《秋的诗》，并题献给高尔基。高尔基拿到印有这首诗的诗集后，曾经在给俄国诗人勃留索夫的信中称布宁为“当代第一诗人”。

夏日骄阳将树木晒干，
松柏的清香四处弥漫。
秋这一位沉静的孀妇
如今跨进自己的华屋。

在空空的草地上面，
彩楼前的庭院中间，
轻柔的蛛丝闪闪发光，
仿佛是银丝织就的网。
最后的一只小蛾子
今天一直在院中嬉戏；
现在它伏在蛛网上，
恰似一片白色花瓣，
一动不动晒着太阳。
今天四下里多明亮，
无论林中还是天上，
都寂静得像死一样。
在如此深沉的静默里，
真可以听见叶儿低语。
森林宛如一座彩楼，
有浅紫，有金黄，有大红，

俯瞰洒满阳光的草地，
是妖术令它缄默无语。
一只鸫鸟咕咕地叫着，
在矮树丛里飞来飞去，
叶片上流着琥珀光波；
一群椋鸟在空中闪过，
它们忽地散落下来——
于是万象复归岑寂。

这是幸福的最后瞬间！
秋自然明白，这酣眠——
深沉而无声，却正是
那绵绵阴雨的先驱。
森林静默着，深沉而怪异，
纵然在向晚时分，夕阳
以黄金和火焰的光芒
将这座彩楼照得透亮。
接着楼里便逐渐阴暗。
月儿露出脸来，把黑影
投在一颗颗露珠上……
于是在这片草地上，

了无生气的秋林中，
忽然这么白，这么冷，
独自面对夜的空寂，
秋不禁觉得胆寒孤凄。

这时的寂静已然不同，
听呀，它在一刻刻扩大。
月儿随着升上了天空，
那么苍白，真叫人惧怕。
它把一切黑影都缩短，
又给森林罩上了轻烟；
现在它从朦胧的高天
睁大眼睛直视着人间。
哦，秋夜的如死般的酣梦！
哦，迷人的夜的可怖时光！
在潮湿的银色雾霭中，
草地上光明而又空旷；
这时森林满被着清辉，
展现出它的凝滞的美，
像在预告自己的死期；
连猫头鹰也噤无声息，

它蹲在枝头木然呆望，
忽而发出凄切的叫唤，
扇起它的柔软的翅膀，
扑拉一声离高枝他往，
它栖息到低矮的树上，
瞪圆双眼，不停地摆动
那有一对大耳的头颅，
左顾右盼，似不胜惊异；
森林却僵立在那里，
充满略带苍白的黑影
和腐枝败叶的霉气……

别指望一早会盼到
天上出太阳。阴霾细雨
冷烟般将森林笼罩——
逝去的夜留下了痕迹！
而秋会深深地蕴藏
那个静谧无声的夜晚
给予她的一切感受，
遁入华屋，关门闭户，
任松涛在雨中澎湃，

夜夜只有潮气阴霾；
任空地上野狼成群，
闪着绿火般的眼睛！
这彩楼已无人照管，
它褪色了，一天天黯淡。
九月在松林中打旋，
这里那里掀去它的顶，
又以松针铺盖小径；
等到夜间来一场霜冻，
再融化，万象便没了生机……

野外有人吹起了号角，
那铜管乐器的音调，
像伤心的悲鸣，回荡
在雨雾封锁的大地上。
它穿透松涛，越过低谷，
消失在这森林的深处。
那野牛角阴郁地狂吼，
它号召猎犬们去捕兽；
猎犬们大声喧哗吵闹，
传播着荒原上的风暴。

冰冷的雨不住地洒落，
枯枝黄叶在地上打旋。
排成行阵的南迁大雁
最爱从森林上空飞过。
日子一天一天地过去，
清晨已经有雾气升起，
深红色的森林默然肃立，
霜冻的大地是一片银白。
秋洗净她的苍白的脸，
穿上她的银鼠皮外衣，
走出屋外，来到阶前，
迎接林中的最后一天。
庭院空了，寒气袭人，
从枯干的杨树间远望，
隐约可见低谷的灰青，
荒了的沼地更加宽广，
大路向南方远远伸去，
鸟儿们为了躲避风雪，
慑于冬的酷寒的威胁，
早已经朝着那边飞去。
秋一大早也要登程——

旅途漫长，无人相伴，
一任这华屋敞开窗门，
永远留在这片草地上。

别了，森林！别了，别了！
今天天气温和而又晴朗，
可轻柔的雪花不久就要
给僵死的草地穿上银装。
这松林，这被弃的空房，
寂静村庄的一座座小屋，
头上的无涯无际的穹苍，
还有这伸向天边的田亩，
在雪白、寒冷、荒凉的日子
都会显得多么怪异！
银鼠、松貂和紫貂，
小兽们却欢天喜地，
在雪堆上跑跑跳跳，
暖了身子又做了游戏。
风从冻土和海上吹来，
闯进了泰加原始林带，
像巫师一般地狂跳，

把满天的雪花乱搅，
在荒野发出兽的嚎叫，
捣毁了原先的彩楼，
只留下些木桩，然后
在这副空空的框架上
挂起透明透亮的白霜。
于是在蓝天的背景上，
出现一座冰雕的殿堂，
晶莹剔透，闪着银光。
入夜，在白色的花纹间，
会点起一盏盏的天灯。
到了万籁俱寂的时刻，
北极光就像冰冻的火
从天边升起，北斗七星——
长盾星座便大放光明。

一九〇〇年

天亮还早……*

天亮还早，还早，
夜在寂静的林中流连。
沉睡的松林张开天幕，
遮盖着黎明前温暖的黑暗。

天空刚泛出些儿鱼肚白，
早醒的鸟儿还没唱起来，
露珠挂在暗绿的云杉上，
针叶散发着夏季的清香。

让黎明晚一些来吧。
这林中的漫漫长路，

---

* 原题为《黎明前》。

这夜晚——都不复返，
但别时我们是那样淡然……

在沉默不语的松林中，
车铃声时低时高……
夜在河谷里悄悄走动……
天亮还早，还早。

一九〇〇年

夜是如此悲哀……*

夜是如此悲哀，像我的梦幻。
这片辽阔而荒凉的草原
只远远地闪着一星灯火……
愁与爱在我心中太多太多。

我能向谁诉，又能怎样讲，
什么充塞心胸，什么在召唤！
荒凉的草原无语，道路漫长。
夜是如此悲哀，像我的梦幻。

一九〇〇年

---

* 谢·瓦·拉赫马尼诺夫（1873—1943）和赖·莫·格利埃尔曾为此诗配曲。

黄　昏

一切都像在做梦。浓浓的冷雾
从山顶降到灰色的水面上头，
拍岸的海浪一声比一声阴险，
而黑色的裸岩做了岸边的墙，
冒烟似的雾气又来将它遮掩，
雾气懒懒上升，没入天的黑暗。

这样的一幅画庄严而又蛮荒！
海浪声中立着一道冒烟的墙，
犹如泰坦巨神的不灭的祭坛，
夜从山顶下来，像是步入圣殿，
从烟雾中传来了阴郁的合唱，
仿佛向隐身的众神齐声颂赞。

一九〇〇年

长长的小径……

长长的小径通向海边，
好似通向遥远的天际：
那里有墨蓝色的海水，
起伏在被遗忘的石柱间。

那里有石阶列队迎浪，
人面狮子躺卧在山巅；
夕阳西下后，石狮子们
庄严、平静地远眺海洋。

石狮子间有一条长凳，
坐着她……叫不出她的名，
然而我知道，她的心灵
深深地与我结为亲人。

我没爱过吗？躁动不安地
我寻求纯洁、温柔的女性，
为分享爱与幸福的青春，
将我的生命注入另一生命。

然而来到我心中的爱
却留下了悲哀的痕迹；
它召唤我并且诱惑我
追求生活中没有的快乐。

我从中得到的只有回忆，
回忆我的最美好的时日。
如今我爱的是创造的梦，
我又为无法实现而哀痛。

黄昏时分，这无言的小径
召唤我来到陡峭的海岸，
看这墨蓝色的海水上涨，
直涨到远方广漠的天际。

我的悲哀苦涩而又甜蜜，
我的梦境充满了光明，
是这人间的苦涩的美
让我重识非人间的乐趣。

一九〇〇年

那海水的碧绿……*

那海水的碧绿
渗入玻璃的天宇；
晨星像一颗钻石，
辉耀在透明天底。

好似睡醒的婴儿，
它在霞光中抖颤；
风吹开它的眼睛，
不让眼睛再闭上。

一九〇一年

* 原题为《拂晓》。

夜与昼

我研读一本古书,在漫漫的长夜,
一支孤烛抖颤着静静为我照明;
“万有无常——无论是悲,是喜,是歌,
唯上帝永在——在夜晚非人间的静中。”

清晨我看见窗外明朗的天空,
朝阳升起,群山向着蓝天呼喊:
“放下那本古老的书,直到日落。
众鸟在歌颂永在的上帝的喜乐!”

一九〇一年

小　溪*

沙漠中有一条小溪……
它匆匆奔向哪里？
为何在荒凉的岸间开路，
意志又这般坚定不移？

天空被暑气蒸得发白，
穹苍里不见一点云翳；
这满目灿灿的黄沙
仿佛包罗了整个天地。

清澈的小溪潺潺不断，
它似乎明白：它来自东方，

* 最初无题。

要流入大海，而那海湾
就把广阔天地向它展现——

接纳它，这潺潺的清溪，
在无涯的自由的天底，
让它加入浩渺的水域，
投进它博大的怀抱里。

一九〇一年

在那白雪覆盖的山巅……*

在那白雪覆盖的山巅，
我用钢楔刻下了诗篇。
任岁月流逝，或许至今
白雪保存着我的孤痕。

高处的天穹是这样的蓝，
冬日的光照得有多欢；
那儿只有太阳，像利剑，
将我的诗刻在碧色冰面。

诗人能够理解我，这念头
令我欣喜。但愿他的问候

---

* 原题为《冰上十四行诗》。

永不被山谷里的人接受！

高处的天穹是这样的蓝，
正午时分我刻诗十四行，
只为了站在山巅的人。

一九〇一年

二月的空气…… *

二月的空气还冷还湿，
而俯瞰着园子的却是
这苍天的明亮的眼睛，
大地一天比一天年轻。

不久前下的雪在流泪，
苍白而透明，像春天一样；
一片片树丛、一汪汪水
反映着那天空的蔚蓝。

以蓝天为背景的树林
是我欣赏不已的美景；

---

* 原题为《解冻》。

在阳台边听灰雀唱歌，
使我的心甜蜜地悸动。

我迷恋的不是美景，不！
不是色彩引我注目，
而是其中闪耀着的
爱情和生存的欢乐。

一九〇一年

我走着……*

我走着,我是如此渺小!
当远方群峰的巨石山脊
随着我的临近逐渐升起,
我感觉自己是如此渺小。

等到我站在群山的峰巅,
超越了它们上升的极限,
一个人,在这荒凉的高处,
我体验到至高无上的苦。

大地成了我的脚凳。
庞大的它将我举起

* 原题为《山上》。

到另一种生存境地，
我的心便雀跃欢腾。

无底的恐惧并未逝去，
它从远方袭上我心间……
是否我看了上天一眼，
感觉到了自己的孤立？

一九〇一年

星星呀……*

星星呀,我不倦地歌颂你们!
你们永远这么神秘,这么年轻。
我自幼以畏怯的目光苦苦探寻
那黑暗深渊中的发光的金石文。

在孩提时代我本能地热爱你们,
闪烁的星光讲的故事那么动人。
青年时期的我也只与你们分享
我内心的希望和我内心的悲伤。

回忆当年我的初恋和我的表白,
我是在你们当中寻找爱的形象……

---

* 原题为《永恒》。

多少年后，你们也会将光辉洒在
我的那座被人遗忘的坟墓上。

星星呀，或许我会理解你们，
或许我的梦想有一天会成真，
人世间的种种希望、种种悲伤
最终将汇入充满奥秘的天上！

一九〇一年

如果你们和解……*

如果你们和解，如果你们重逢——
　　她已不再是昔日的她！
谁能挽回你们决绝的那个黄昏，
　　忧郁的眼中含着泪花？

光阴飞逝，昔日只留下
　　无谓的遐想，
只有花儿——你们新婚时正开放，
　　还有一张褪色的小相！

一九〇二年

* 据作者的第二任夫人在她写的《布宁一生》中说，这首诗是针对作者的第一任夫人而作。作者的第一次婚姻维持了不到两年。

墓志铭*

我还没出嫁就离开了人世，
他说我是一个很美的少女；
但爱情只在我热切的梦里——
我的希望全都付与了逝水。

一个四月天我离开了人间，
永远地离去，顺从而又无言。
然而我活这一世并不冤枉，
对于他的爱情我没有死亡。

在这静静的墓地林荫道上，
只有风儿在半睡半醒地吹，

* 原题为《在墓地》。

幸福和春天是万物的话题。

这古墓上的十四行爱情诗
表露着对我的不灭的哀思，
沿林荫道是一线湛蓝的天。

一九〇二年

孤　独

风雨交加，一片黑暗
　　在冰冷的水漠之上。
开春前的生活已经死去，
　　开春前园子全都空寂。
我一个人坐在别墅里，
画架后面真黑，一任风吹。

昨天你还待在我这里，
　　但是已经十分厌烦。
到那个连阴天的傍晚，
　　我已经感觉你像我妻……
好吧，别了！开春以前
我就无妻独居一段时间……

天上仍是那些乌云，
　　今天一直走个不停。
你在阶前留下的脚印
　　已被雨水冲散洗净。
独自望着黄昏的朦胧，
难释难诉心中的疼痛。

我多么想大喊一句：
　　“回来呀，我离不开你！”
可是对于女性没有过去，
　　她不再爱了——我就成陌路。
罢，罢！生起炉火把酒喝……
能买一条狗就再好不过。

一九〇三年

（以上为陈馥译）

北方的白桦树

白桦树穿着华丽的绿色衣衫——
靠近森林的水湾,站在湖畔……
“啊,姑娘们!春季多么冷哟:
我顶风冒雪浑身打战!”

一阵雨,一阵雹,一阵风雪如绒毛,
太阳出来,光芒四射,万里蓝天,瀑布滔滔……
“啊,姑娘们!森林和草原多么欢腾哟!
春天的装束多么喜庆美好!”

天色又阴沉,又阴沉了,
大雪纷飞,树林森严呼啸……
“我全身战栗。千万别践踏草地!

要知道,太阳还会照耀。”

一九〇三年

(此诗为乌兰汗译)

我们偶然在街角相逢……

我们偶然在街角相逢。
我正疾步——穿过黄昏的朦胧
忽地射过来一道电光，
来自长长的睫毛后方。

她披戴着透明的黑纱，
春风蓦地掀起了那纱；
她的脸庞和明亮的眼睛
令我捕捉到昔日的欢欣。

她温柔地向我颔一颔首，
为避开迎面风偏了偏头，
消失在墙后……正是大好春光……
她别了我,并且把我遗忘。

一九〇五年

君士坦丁堡

睁着乞求的哀愁的双眼，
是一群脱了毛的瘦野狗——
它们的祖先来自大草原，
跟在灰扑扑的大篷车后。

帝都百战百胜，辉煌富有，
它曾以狂潮似的匪帮血洗
你的宫室和你的园囿，
终于像一头饱狮长卧不起。

光阴飞得比鸟儿迅速！
斯库台的墓地已经遍布
上万陵寝和茂密的树木，
柏树间的坟冢犹如白骨。

历史尸灰盖着圣地尸灰,
辉煌的帝都如今已荒芜,
倾颓的拜占庭大殿堂内
只有野狗吠叫,声声凄楚。

后宫全空了,喷泉沉默了,
百年古树一棵接一棵枯死……
君士坦丁堡呀,君士坦丁堡!
伟大游牧文化的最后营地!

一九〇五年

歌

我是个普通的种瓜姑娘，
他是个渔夫——生性快活。
他看见过不少江河海洋，
他的白帆常在海口出没。

都说海峡的土耳其姑娘
长得美……可我又瘦又黑。
他的白帆已经没入海洋，
也许他从此就不再返回！

我要等他，不管天气怎样……
等不回来，就与瓜田结账；
我要把指环扔进海里，
再用辫子把自己勒死。

一九〇三至一九〇六年

他人之妻

如今你是他人之妻，
　　可你爱的只有我一个。
你不可能把我忘记，
　　直到生命的最后一刻。

你完成婚礼跟他离去，
　　态度是那么谦卑顺从；
可你的头垂得很低——
　　没让他看见你的面孔。

你随他去做了妇人，
　　难道你不依旧是处子？
在你举手投足之际
　　蕴含着多少美与单纯！

还会有一次次变心……

　　然而一生中不过一度

从满含爱意的双目

　　羞怯地放射这般柔情。

你哪有本事对他掩饰

　　你之于他形同路人……

你不可能把我忘记，

　　绝不可能，绝不可能！

一九〇三至一九〇六年

（以上为陈馥译）

写给英明的人们

英雄迎头痛击疯狂的敌人，
英雄——是横扫帐篷的旋风，
他战死了——在殊死的搏斗中燃烧了，
如同光华四射的陨星。

可是胆小鬼活着。他也想报仇，
他在暗地里偷偷磨快标枪。
是啊，他英明！只不过他的心火阴燃：
如同死灰中的残存的一点火光。

一九〇九年

无名无姓

挖开了古墓。他躺在重重的石棺里
像个卫士在酣睡。铁剑紧握手中。
有声的语言唱着无声的歌曲,
委婉的歌声把他赞颂。

脸甲遮住脸庞,看不见他的相貌。
生锈的铠甲上是腐烂的战袍。
当年他是战士,是领袖。可是死神
盗走他的姓名,驾着黑色骏马顿消。

一九〇九年

(以上为乌兰汗译)

萨迪*的遗训

要像棕榈一样大方。如果不行，
那就像柏树一样直、朴——高尚。

一九一三年

* 萨迪(约1203—1292)，波斯诗人(据《辞海》)。

文　字

陵寝、木乃伊、骨骼永远沉默，
只有文字生气勃勃。
从远古的幽冥中——在公墓上
只有文字发出声响。

爱护它吧，尽我们的能力，
在仇恨和痛苦的岁月里
我们再没有别的财富！
要珍惜我们不朽的天赋。

一九一五年

山　中

诗歌晦暗,未能用文字表现
让我如此激动的野坡巉岩、
空空的河谷、露天的羊圈、
牧人的篝火和它呛人的烟!

我的心奇怪地骚动又快乐,
它似乎对我说:“回头吧,回头!”
那烟雾香得直渗入我心头,
我怀着羡慕和惆怅之情走过。

诗不在世人所谓的诗里,
诗在那传给我的遗产里。
我的遗产越多,我越是诗人。

我感觉到了我远祖留下的
他儿时的感受的模糊遗迹——
世上没有时间和两样的心灵。

一九一六年

(以上为陈馥译)

无　题

鲜花，黄蜂，野草，麦穗，
湛蓝的天际，炎热的晌午……
时候一到——上帝会讯问浪子：
“你在大地上的生活可幸福？”

那时我会忘掉一切——只能想起
麦穗和野草之间这些田间小路——
我来不及回答便跪在慈悲的膝前
满脸捧着甜蜜的泪珠。

一九一八年

（此诗为乌兰汗译）

放　逐

幽暗，沙漠的黄昏风声呼啸，
　　旷野与海洋……
异国他乡，荒无人烟的地方，
　　谁来缓解心头的创伤？

看前方，黑色受难十字架
　　在道路中间耸立——
能抚慰受伤情怀给予清洗的
　　只有威严的上帝。

一九二〇年，布列塔尼

嘎泽拉 *

冷飕飕的风来自曼扎莱①，
火海一样闪耀的曼扎莱，

站在我破败小屋门口外，
看海市蜃楼般的曼扎莱，

看湖边棕榈列队又成排，
湖水与天边衔接曼扎莱。

湖对岸多少国度费人猜，
湖面燃烧似火的曼扎莱！

---

* 嘎泽拉，起源于阿拉伯诗艺，后流行于中亚民间的一种诗体：双行排列，尾韵重复，一韵到底。

① 曼扎莱，湖泊，在埃及尼罗河三角洲东北部。

独自坐门口发痴又发呆，
明镜一般美丽的曼扎莱。

一九二〇年

金丝雀

在家乡她一身翠绿……

——布雷姆[①]

从海外运来的金丝雀，
狭小笼子里的俘虏，
心中忍受着痛苦煎熬，
羽毛变成了金黄色。

娱乐小酒馆的顾客，
歌唱远方奇妙的岛屿，
无论歌唱多么卖力，

① 布雷姆(1829—1884)，德国动物学家、旅行家。著有《动物生活》六册，一八六九年出版，享有盛名。

难以恢复那一身翠绿。

一九二一年

鸟儿有巢 *

鸟儿有巢,野兽有洞。
年轻的心多么沉痛,
当我辞别父母的家园,
离开故居说声“再见!”

野兽有洞,鸟儿有巢。
心儿痛苦啊,怦怦直跳,
当我背着破旧的行囊,
画着十字走进陌生客房!

一九二二年

---

* 这首诗的情节借鉴了《圣经·新约·路加福音》第九章,耶稣说:“狐狸有洞,天空的飞鸟有窝,只是人子没有枕头的地方。”

摩耳甫斯*

幽暗梦乡之王,我的神秘宾客,
你美丽的罂粟花冠像燃烧的火。
你的面庞苍白,你的目光忧伤,
你那么温和,你对我久久凝望。

摩耳甫斯的哑默时刻令人惊恐!
但像童话世界黑暗中烈火熊熊,
神秘的花冠由始至终引领着我,
跟随它一步一步走向欢乐世界。

在那里我的青春幻想了无障碍,

---

* 摩耳甫斯,希腊神话中的梦神,睡神许普诺斯之子,形象为长翅膀的老人。“投入摩耳甫斯的怀抱”,意为酣睡,进入梦乡。

在那里我梦见自己正飞向天外，
在那里没有什么能够让人吃惊——
即便是上帝为我们安排的坟茔。

一九二二年

白　鹿

猎手骑马奔向绿草地，
苔草和水葱长在那里。
草地上尽是藜芦与鲜花，
还有集聚着春水的水洼。
“白鹿啊白鹿，鹿角金黄！
你最好别在水草上游荡。”

白鹿看见猎手急忙躲闪，
勇士的骏马轻轻地抖颤，
猎手用鞭子抽打白鹿，
有力的手握紧了弓弩。
谁料到那手臂垂向了马鬃：
白鹿，你让猎手顷刻丧命！

“别抽打,别射箭,好汉!
不久你就能得到一顶花冠,
那就是我给你的礼物,
我从草地走向欢乐的小屋:
那时将结束猎手们的狂欢,
你将回归你的家园,好汉。

早晨我会出现在你的院落,
金色的犄角将在那里闪烁,
我用美酒让来客喝个欢畅,
让你的新娘子变得最漂亮,
免得她泪水沾湿了容颜,
免得她害怕戒指与花环。”

一九二二年

天狼星

你在哪里呀,我倾慕的星,
　　天空美丽的花环?
你那么迷人,你默默无声,
　　如明月高不可攀!

质朴的青春岁月如今何在?
　　四周曾有亲情呵护,
那老楼房,窗下积雪成堆,
　　流淌松脂的云杉树。

不灭的星斗,尽情闪耀吧,
　　放射出绚丽的光芒,
请你照耀我那遥远的墓园,
　　上帝早已把它遗忘!

一九二二年

为什么古坟引发幻想……

为什么古坟引发幻想，
浮想联翩怀往昔？
为什么坟上那棵柳树
绿色枝条垂得低低？
翠绿的柳树悲戚、柔和，
仿佛还是此前的样子，
或许它知道复活的喜悦。
好像宽恕一切的大地
能够滋生天堂的花朵？

一九二二年

午夜时分……

午夜时分我起来仰望，
仰望高空苍白的月亮。
看月下的海湾，看山，
远方的山岭闪着雪光……
沙滩上的水轻轻晃动，
寒冷的海洋雾气茫茫……

我顿时领悟人类语言
陈腐贫乏，渺小空泛，
希望与欢欣亦属虚幻，
爱情徒劳，知己可数，
与好友离别忍受煎熬。
没有人能借亲近之情
使人间痛苦得以舒缓。

在这形影孤单的时刻，
默默无言的失眠夜晚，
只能对人生感到轻蔑，
对浮华荒唐心生厌倦。

一九二二年

我青春岁月幻想爱情……

我青春岁月幻想爱情，
生命之晨总浮想联翩，
恰似一群机灵的小鹿，
聚在水流清澈的河湾：

绿树林中的轻微声响，
让美丽的鹿心惊胆战，
敏感的鹿群逃向莽林，
争先恐后，快如闪电。

一九二二年

睫毛乌黑，闪亮……

睫毛乌黑，闪亮，忧伤，
晶莹的泪珠忍不住流淌。
眼眸重又放射天堂之光，
那么幸福，欢欣，温顺——
一切铭刻在心……可世间
再没有年少、天真的我们！

你从什么地方又来见我？
为什么又在我心中复活？
炫耀你不合时宜的美丽，
重温难忘的亢奋与神奇，
上帝让我们匆匆相聚人间，
然后又让你我仓促地分离。

一九二二年

我总是梦见……

我总是梦见遥远的荒林，
梦见故园小教堂的废墟，
梦见废墟上荒草凄迷。
走进这坟墓般的教堂，
遍布的苔藓舒适惬意，
我总是听见有人说话：
“离开他们肮脏的世界，
以便寻求永世的安逸！
我们的光荣、神圣之剑，
你不妨从腰间暂且取下，
这样的岁月纯属多余。
在这卑鄙而无耻的世纪，
请为受难者把头低下，
这意味着接受苦行戒律，

潜心修行如自闭于坟墓，
誓言在心，坚贞不移。”

一九二二年

威尼斯

源自中世纪钟声悠扬,
世世代代的怅惘忧伤,
这是生命常新的福气,
这是缅怀往昔的梦想。

这是古人的温馨宽恕,
这是安慰:人生无常!
这是一座座金色宫殿
倒映在碧水中的影像。

这是乳白色团团烟云,
这是云烟缭绕的夕阳。
这是微微扇动的羽扇,
这是远远投来的目光,

这是一串珊瑚石项链，
在水中的灵台上存放。

一九二二年

一八八五年*

那是个春天，生活轻松。
一座新坟让人惊恐不安，
但生活轻快如空中流云，
似手提香炉冒出的轻烟。

土地像荒原开满了鲜花，
展现在我面前，那么美——
第一首诗和第一次恋爱
随坟墓与春天重又复归。

你是草原上一朵平凡的花，

---

* 布宁写这首诗悼念兄长尤利·布宁（1857—1921）。一八八五年，十四岁的布宁辍学回家，大哥尤利成了他的家庭教师，帮助他读完中学课程，指点他写诗。诗人对兄长充满了敬重与怀念。

默默地开放，被我遗忘，
在我岁月之晨被死亡践踏，
被我引向永远奇妙的地方！

一九二二年

豹

浑身乌黑，钻石一样闪亮，
眯缝眼睛流露厌倦的目光，
时而沉醉，视线隐含威胁，
时而凶悍，沉入幻想境界。

原地兜着圈子，排解烦闷，
脚步均匀，没有一点声音——
在威严的蔑视中静静躺卧，
进入梦乡，梦见炎热似火。

眯缝双眼，仿佛有意回避，
这梦与黑夜让它心有余悸：
似乎乌黑的矿石像座熔炉，
灼热的阳光中有钻石坟墓。

一九二二年

教堂十字架上的公鸡

高高地凌驾于大地之上，
像船在航行，水在流淌！
像漫不经心，自在轻松，
像一直渴望遥远的行程！

它高昂头颅，无比骄傲，
长尾巴像船尾一样上翘……
整个天空仿佛向后倒退，
而公鸡向前，歌声无畏。

公鸡歌唱，唱我们活着，
唱我们死亡，流年岁月，
日复一日，飞走了世纪，
和行云流水没什么差异。

公鸡歌唱,唱横行欺骗,
唱命运不过是短暂瞬间,
至爱亲朋,父辈的家园,
子子孙孙,一代代循环,

公鸡在飞行之中歌唱,
唱十字架,唱神的殿堂,
唱持久的只有死亡之梦,
以及它自己才属于永恒。

一九二二年

什么在前方

什么在前方？幸福的长途。
她的眼睛从容地注视远方，
她青春的胸脯轻轻起伏
衣领护着脖颈，呼吸顺畅，
一缕缕微弱的幽香飘来——
我嗅到的是发缕的清香，
气息的甜美，不禁产生
往昔体验过的情感激荡……
前方有什么？我苦苦注视，
未看前方，却在回首凝望。

一九二二年

目光注视海洋……

目光注视海洋，注视海洋，
一个裸体的美人儿——
坐在蓝莹莹的礁石上，
雪白的玉足踩着波浪，
她呼唤那些航行的船长：
“船长啊，船长！
你们何苦绕世界远航？
寻找闪光的珠宝，
你们是白费时光！
裸体的美人儿——
像大海的珍珠一样，
有火热的嘴唇，
有凉爽的乳房，
有轻盈的脚步，

有圆润的肩膀！
我的安慰永不削减——
躺在我的怀抱里睡眠，
听我把忧伤的歌儿吟唱！”
船长们不听，继续航行，
可他们心里顿生惆怅，
一个个全都热泪流淌。
这忧伤之情永不消歇，
无论在海洋，在港口码头，
直到地老天荒永世难忘。

一九二三年

又是寒冷的灰色天空……

又是寒冷的灰色天空，
又是郁闷的道路，空旷的原野，
莽莽丛林如红褐色地毯，
门口有仆人，台阶下有三套马车……

“啊，一本天真的旧练习册！
当年我凭上帝的忧伤敢怒敢恨？
面对着大好秋光的幸福旅程，
再写出这样的诗句已力不从心！”

一九二三年

女　儿

总是梦见：我有个女儿。
因而我满怀感伤和忧虑。
终于等到了开心的一天，
当她佩戴花冠收拾打扮，
我也情不自禁举起手来，
为她理一理婚纱的丝带。

目睹女儿纯洁的前额，
天真的眼睛流露胆怯，
我不由自主心情沉重，
脸色发白是由于高兴，
我遵从祝福的宗教仪式，
为她最后一次画过十字。

后来我还梦见了什么？
梦见她遭受丈夫的折磨！
我的家变得空空荡荡，
感觉人的青春十分荒唐，
仿佛经过了一场葬礼，
我清醒过来，梦境依稀。

一九二三年

冬天的荒凉与灰暗……

冬天的荒凉与灰暗，
山麓地带景色萧疏倍显空旷，
远方的丘陵山冈像红色羔皮，
山岭那边让人觉得必有海洋！

那里深渊幽暗。我猜
依据从那边飘来的清新气息，
依据那团团缕缕灰沉沉的云，
沿着蜿蜒山脊烟一样在飘移。

环顾四周，勒住马缰，
似有位惆怅的古人在我心中：
心在渴望，渴望血，渴望火，
当山山岭岭刮起了傍晚的风！

　　为何对那边如此向往？
“哦，海洋！向来空茫辽阔，
你让我们觉得更加可亲可近，
远远胜过这短暂人生的欢乐！”

一九二五年

（以上为谷羽译）

一棵老苹果树

满身雪花,蓬蓬松松,阵阵芳香,
厉害的、羡慕你的蜜蜂和黄蜂
围着你嗡嗡叫,发出怡然自得的声响……

亲爱的老朋友,你越来越衰老?
这不是不幸。请看,谁还能像你
有如此青春盎然的时光!

一九二五年

(此诗为乌兰汗译)

只有石头、沙滩……

只有石头、沙滩和光秃秃的丘陵，
还有天空穿越云层的月亮，
这一夜为谁而设？只有风，
我们俩，还有陡峭疯狂的海浪。

提到风——为什么掀起海浪？
说起浪——为什么那么凶猛？
亲爱的，你贴近我倚得更紧，
可亲可爱你胜过我的性命。

我永远不明白我们俩的爱情：
风浪会把我们俩带向哪里？
为避开众人耳目该去何方？
这是主的旨意，我相信上帝。

一九二六年

熄灭的星啊，你在哪里？

熄灭的星啊，你在哪里？
你在遥远的天边陨落，
默默不语的乌黑大地
将你隐藏，将你吞没。
但是在这夜晚的深渊，
随着你下沉越来越深，
你就让天上那个月亮
越来越闪烁银色光辉。
别了，我会遵照嘱托，
对人生命运恭顺安然——
因为这高傲的光辉啊，
就是对你深切的怀念。

一九三八年

你在平静之中生活……

你在平静之中生活。
早年的壁纸已经发黄，
天花板低矮颜色灰白，
一扇窗户朝向东方。

冬季朝阳刚刚升起，
你就感觉到心情快乐：
温暖的阳光照射地板，
屋里角落生着炉火。

桌上练习册井井有条，
书架排列一本本书，
茶几上的花芳香四溢……
你心想："多么幸福！"

一九三八年

夜半更深我独自一人……

夜半更深我独自一人，
直到黎明难以入梦。
听得见远方辽阔大海
浪涛声声轰鸣喧腾。

整个宇宙我独自一人，
我俨然是世界主宰——
宁静深渊中隆隆轰鸣，
声音来自远古时代。

一九三八年

你在窗下徘徊彷徨……

你在窗下徘徊彷徨，
来来去去，痛苦惆怅……
其实我自己倒也愿意，
索性放下这支鹅毛笔，
跨过窗台跳到外面，
把你领进春天的花园。

在那里我曾向你表白——
又哭又笑倾诉情怀：
“假如我们路上相遇
仿佛相逢在天堂里，
我会跪倒在你的脚边，
向你吐露我的爱恋。”

一九三八年

又是夜晚……

又是夜晚，又看见月亮……
草原沟壑空旷，绿草如浪，
河边波纹闪烁微弱的金光，
粼粼的光斑透露着忧伤，
河流下游又出现金色光带，
河面开阔越来越宽广，
那边月夜的天空澄明，
夜色中显现坟墓似的山冈。

一九三八年

夜雨淋漓……

夜雨淋漓,房子潮湿昏暗
唯独一个窗口亮着灯光,
寒冷发霉的房子默默伫立,
仿佛被铆在凄凉的坟场。
那里埋着历代祖先和父辈,
他们的尸骨早已经腐烂,
有个失明的老人在守夜,
戴着帽子在长凳上睡眠,
他比所有的老爷更长寿,
是他见证了岁月的变迁。

一九三八年

深夜漫步

月亮俯视着林间空地，
俯视教堂的一片废墟。
宁静月光下两个骨架，
在修道院里漫步对话：
夫人和倾慕她的骑士——
一个没眼一个没鼻子：
“我和您有幸能够相逢
论原因都归咎黑死病。
我来自十世纪，请问——
夫人是哪个时代的人？”
她回话笑得露齿：
“您年轻！我来自六世纪。”

一九三八年

人间旅程行将过半

四月，那不勒斯附近，
天气那样寒冷又潮湿，
神仙天地让心灵甜蜜……
粉红晕染着峡谷园林，
园林里缭绕淡青雾气，
阴沉的村庄静悄无声，
爆竹柳灰暗呆立不动，
曼陀罗在睡梦中叹息，
土地翻松施过了肥料……
乌云沉沉如浓密羊毛，
其中隐隐暗藏着威胁，
山顶的云层越来越低，
已经笼罩了蓝色峭壁……
让我永远难忘的岁月！

一九四七年

两个花冠

为庆祝我的节日，我戴上
一顶碧绿的桂叶花冠：
它像蛇一样使我前额冰凉，
目睹宾朋热闹的盛宴。

我期待新的花冠，我知道
它由黑色香桃木做成：
在梦一般永远昏暗的墓穴，
让我的前额永远冰冷。

一九五〇年

夜

夜冰冷，刮着北风
（它一直刮个不停）。
从窗口看远方闪光，
眺望光秃秃的山岭。
有道金光照到床上
一动不动悄无声息。
月光下不见人影儿，
只有上帝和我自己。
唯独上帝能了解我
死一般的忧伤之情，
深埋心中秘不示人……
寒冷，闪光，北风。

一九五二年

引　诱

中午时分,在树上盘绕摇晃,
吞吐蛇信,伸缩小小的头,
探寻裸体的夏娃,夏娃心慌,
那是一条蛇在频频引诱。
目光恭顺的夏娃又高又苗条,
狮子温驯倚在她双腿旁边,
孔雀在禁果之树上高声鸣叫,
被引诱的少女欢快又羞惭。

一九五二年

(以上为谷羽译)

散文诗选

铁骑武士之歌

河水奔向大海，岁月如流。德涅斯特河与列乌特河岸上的灰色森林年年入春前都返青。

百年前的春天不逊于现在的，然而世上的正义却更少。君士坦丁堡的土耳其人统治着摩尔多瓦，摩尔多瓦公的宝座上坐着土耳其人安插的希腊人。外来的王公过着苏丹王的生活，大地主过着王公的生活，税吏过着王公加大地主的生活。只有铁骑武士保护百姓，捍卫基督的真理。

百姓说，如果你夜间在河岸上走，你往河对岸黑处瞧，就会看见悬崖峭壁，悬崖上有个黑洞，洞里有一堆阴燃的火。可那不是火，不是炭，而是古时候的金币。洞口很窄，有石门槛。左边靠墙是石烟道，右边靠墙有一张石床。石床上端有一些壁龛，从前曾经供过圣像。每一个壁龛上端都钉有铁拐，在上面点长明灯。金币就堆在洞穴中央的地上，住在这个古代僧房里的铁骑武士把金币分给穷人,没有分完。在他之前这里是一位圣徒的居所。忠实于铁骑武士的马吃河岸上的草。铁骑武士——愿主让他有罪的灵魂快乐——由一些苍鹰用它们宽阔的翅膀驮到洞穴里去休息。

那武士不是强盗,他打断盗马贼的腿;他只抢劫富人,自己留下所得财物的百分之一,把其余的分给穷人;他自卫的时候才杀人,他星期三、五都把斋。你知道他身上穿的是什么吗?他身上穿的是随便哪个放牧人都穿的:脚上包着猪皮,上身一件衬衫、下身一条灯笼裤——都是粗麻布的,腰间别着一把刀子、不止一把手枪,还有一个老爷们说的军用水壶,头上戴一顶羊皮帽,肩头披着羊毛织的宽大外衣,背上背着短马枪。他像白杨树一样端正,像橡树一样结实,像狼一样有劲,像念头一样来去迅速,像对情人的爱一样炽热,像死神一样可信,对穷人慷慨温存,对有权有势的人不讲情面,他的肩膀高而向下倾斜,宽阔的胸膛上有许多毛,腰身细,胡子是淡褐色的,很长,面孔像加了青铜的黄金,两眼火一样的明亮。

铁骑武士行侠到第十年,在复活节夜晚去教堂祈祷。

他杀过十五个希腊人——你是知道那种人的:你把十个土耳其人、十个没受过洗的犹太人和十只长疥疮的狗扔进压榨机里,从那儿流出来的会是希腊人的血;他抢劫过三十个军事首领——那些人比王公还阔，把你身上的十字架和衬衫都扒去充人头税；他在森林里抓住一个县警察局局长，是土耳其人，给他钉上了马掌；他编了一百二十支歌，喝了四十大桶酒，在小客栈和婚宴席上都跳过舞；他有一匹棕红色马，快得像风，聪明得像狐狸，从来不跛脚，从来不流汗，别看它个儿小。那武士九年没进过教堂，虽然他不比你我少想到上帝；第十年他准备去，他对自己发誓：无论发生什么事情，这天晚上他不伤害任何人，哪怕是魔鬼。

他把马留在野地里，缰绳扔在鞍头，自己一个人走进村子。他一面走一面看，家家农舍里都有灯光，为过复活节摆好了餐桌，刷白了炉灶。可是最旧最穷的一间农舍里一片漆黑，看来连灯都点不起。他心里难过起来，他就是在这样的农舍里长大的啊！因此他走进教堂的时候心含怒气。他的心感觉到，甚至在基督复活之夜这人世间也不让他得安宁，于是事情就按上帝的意旨发生了。教堂里人很多，人人手里都拿着蜡烛，脸上露出欢喜的神情。那武士站在暗处——他的个子比别人高，他诚心诚意做了祈祷之后，回头一看，身边站着一个小孩子，憔悴瘦弱，衣衫褴褛，拉着妈妈的手；妈妈脸色苍白，穿得穷酸，可是长得漂亮，有一双大眼睛。那武士向她鞠了一躬，并且低声问她："你是什么人，怎么脸色这样苍白，没精打采？"那女人羞怯地看了武士一眼，垂下眼帘，没有说话。武士又问了一遍，声音更低了，说："你的房子是不是在山沟旁边，窗户里没有灯光？"那女人还是没有回答，而是连忙转过身去对着圣像画十字。武士不再听诵经台上唱的是什么念的是什么。他苦闷地想："十字架和圣母娘娘打我吧！我已经坚决保证今天晚上不伤害任何人，可是我这颗心忍不住！"他没有做完祈祷就快步走出教堂。山沟那边，池塘后面，远远地，有一座阔绰的地主庄园大宅，灯火通明。武士像主人一样登上大宅的台阶，用鞭子赶跑了狗，又像主人一样走进灯火通明的上房。接下来发生了什么事情，我不说，你也猜得出。

那个基督复活的深夜，在教堂里没有对铁骑武士说一句话的穷苦的摩尔多瓦女人，好久都不敢走进自己的小屋：她回来的时候几次走过那间小破屋，以为不是她的，因为老爷家的蜡烛把窗户照得那么亮，桌子上摆着老爷家吃的食物，桌边还坐着一个高大强壮的武士。那个基督复活的深夜，一个摩尔多瓦寡妇成了铁骑武士的情妇。她热烈而忠诚地爱了铁骑武士三年。到了第四年，她却被县警察局局长收买，像犹大一样出卖了铁骑武士，把他交到县警察局局长手中。等铁骑武士长途跋涉回来休息的时候,土耳其法院的法官和暴徒们就包围了这间小房子,他们要抓活人。铁骑武士醒来,抓起他的手枪,一脚踢开大门,说了一句他的暗语,向他的敌人放出雾障,又吹口哨唤来他的马,跃上鞍座疾驰而去,同时向后开枪。他的敌人跟在后面紧追不舍。他的马驮着他游过一条、两条、三条河,前面就快到铁骑武士可以藏身的科德里森林了。该死的密探开始往马枪里装银币(子弹打不死铁骑武士),银币射进了铁骑武士的后背,打伤了他的马的一条腿。马一失足,铁骑武士就摔倒在地,追上来的人把他紧紧地捆绑起来,用靴跟踢破他的头,给他戴上镣铐,用大车拉到亚斯去了……善良的基督徒啊,这天也是基督复活节!

几头青牛拉着包铁皮的大车往山上走,车上躺着伤口在流血的铁骑武士,他的老母亲走在大车旁边,一面给他擦从伤口流出的血,一面祈求拉车的牛:"牛呀,我流着眼泪求你们轻轻地拉,别震动大车,我儿子在车上要死了!"于是那大车像水一样缓缓地向前。铁骑武士说:"走吧,我的亲娘,带上你的幸福走,留下我跟我火烧似的伤口!"——歌里是这么唱的。铁骑武士的母亲当时还没听说他儿子要给拉到亚斯监狱去。后来很长时间她都不知道她儿子受的罪、挨的打。法庭不着急审判,又过了三年,又到了复活节。铁骑武士就对看守们说："善良的基督徒啊，我心里很痛苦，我拿了老爷的一大袋钱，没注意里面有一幅系着浅蓝色带子的铜质圣像，是圣婴像，请你们让我拿去还给老爷。为了答谢你们，我带你们去看一处宝藏，以上帝的名义保证我还回到监狱里来。我梦见那位老爷到亚斯来了，在集市上卖马，我把圣像还给他就回来坐牢。"

你以为铁骑武士根本没有回来，他吹口哨唤来他的马，到科德里森林自由自在地逛去了吧？不对，他不是强盗，他说话算数。他在集市上找到了那位老爷，把圣婴像物归原主。他做完这件事回到监狱，就给带到法庭上王公面前。宫里有军队，聚集了很多人，还有很多官员。王公包着头帕，穿一件大袍，端坐在黄金宝座上，问铁骑武士："你偷的抢的钱在哪儿？"铁骑武士没有答话，默默地站在宝座前，仪表堂堂，威风凛凛。于是王公明白了，他问得无礼，就换了个方式问："你从富人那儿拿去的钱在哪儿？"铁骑武士回答说："大公殿下，你什么时候都要像这样跟百姓说话，既聪明又有礼。我从富人那儿拿去的钱在哪儿，只有我的马知道。我不会给你，也不会给你的仆人，你们反正会拿去打牌输光，喝酒喝光！"于是王公打了被捆住的铁骑武士一耳光。铁骑武士很愤怒，可是轻声说："在彼拉多的法庭上，人们也是这样打基督。"王公怒吼道:“闭嘴,强盗!”铁骑武士对王公说:“殿下,上帝的儿子在十字架上宽恕了强盗!”王公更狠地打了铁骑武士一耳光,下令把他处死。

野苹果树的绿叶呀,科德里河的春潮,还有你们,一条条的激流!武力、妙计、符咒、密谋,什么都没法让他免受奇耻大辱。亚斯的广场上已经响起斧子的叮当声,刽子手已经磨快即将架在铁骑武士的白脖子上的大刀。铁骑武士就要被处死的消息传到了他的老家。上帝的战士,起来听呀:你的梳一条黑辫子的大姐哭了,但是她的眼泪软弱无力;你的梳一条长过腰间的棕红色辫子的二姐哭了,但是她也救不了你;你的还是个孩子的妹妹哭了,她的眼泪使得科德里河的河水让路,其他的河川泛滥,峡谷闪开。现在,铁骑武士呀,抓紧牢房的铁窗,你听到了吗,是谁的声音传来了?

铁骑武士的母亲一哭起来,他的紧闭的牢房立刻开始震动,四壁开始摇晃,窗户上生锈的铁条开始断裂。

铁骑武士的母亲一哭起来,他的镣铐立刻化为灰烬,他来到广阔的原野,用有力的脚跺了一下大地,说:

“嗨,嗨,善良的人们!我会记住你们的复活节!”

一九一六年

耶利哥的玫瑰

古代东方人往往在棺内、墓中放一朵耶利哥[1]的玫瑰，表示相信生命是永恒的，死者能够复活。

奇怪的是，他们把一团带刺的枯草称作玫瑰，而且还是耶利哥的玫瑰。这种干硬的沙漠小灌木，就像我们所谓的风滚球，只有在死海以下的砂石中，荒无人迹的西乃山[2]麓，才能看到。据传说，这名称是那位把可怕的火谷，即犹大地[3]的旷野一个寸草不生的死亡之谷，选为自己的居所的圣徒萨瓦亲自定的。他把这种野生刺草奉为复活

---

① 《圣经》译名，今译杰里科，在巴勒斯坦境内。

② 《圣经》译名，今译西奈山，当年先知摩西率领以色列人逃出埃及到此，耶和华在山顶为以色列人定下“十诫”，写在两块石板上，由摩西传达。

③ 《圣经》译名。约在公元前九百三十五年以色列—犹太王国分裂，北部为以色列王国，南部为犹太王国。《圣经》称巴勒斯坦南部为“犹大地”。古汉语“大”与“太”通。

的象征，并且用他所知道的世上最悦耳的比喻来加以形容。

因为这种刺草的确神奇。一个朝圣者采了它，带到离它的故土几千里以外的地方去；一年年下来它枯干了，发灰了，没有生气了，可是一放进水中，立刻舒展开来，绽出细小的叶片和粉红色的花朵。可怜的人心便感到了快乐和安慰：世上没有死，存在过经历过的东西不会灭亡！只要我的心灵、我的爱、我的记忆活着，就不会有离别和失落。

我也是这样来安慰自己，在自己心中重现我曾经涉足的那些光辉的古国，重现我生命中那些如日中天的美好日子——当时我身强力壮，前程似锦，携带着注定要伴我终生的女子第一次远游，既是新婚旅行，也是朝拜我们的主耶稣基督的圣地。眼前是处在长年寂静和忘怀的伟大安详中的圣乡——加利利地，犹大地众山，五城的盐与硫黄火[1]。那是春天，路上处处欢快祥和地开着拉结[2]在世的时候开过的同样的银莲花和罂粟花，大地装点着同样的野百合花，天上也同样是《福音书》里的比喻教我们

① 这五座城变成邪恶之地，耶和华毁灭了它们。见《圣经·旧约·创世记》第十九章。

② 据《圣经》传说，拉结是始祖亚伯拉罕的孙子雅各之妻，非常美丽。

去仿效的那些无忧无虑的飞鸟[1]在歌唱……

耶利哥的玫瑰。我把我的往昔的根和茎浸入心的活水中,浸入苦恋与柔情的清纯甘露中,于是我珍藏的小草重又令人惊异地吐出嫩芽。推迟了,那不可回避的时刻——这露会干,这心会衰,我的耶利哥的玫瑰也将永远被忘尘掩埋。

---

① 见《圣经·新约·马太福音》第六章第二十六节:"你们看那天上的飞鸟,也不种,也不收,也不积蓄在仓里,你们的天父尚且养活他,你们不比飞鸟贵重得多么。"

夜

别墅里一片黑暗,夜已深沉,四周不断有淙淙的流水声传来。我在临海的一些悬崖上散步了很长时间,最后在阳台上的一张藤椅上躺下来。我在想,我在听:清澈的淙淙声,令人迷惑!

无底的夜空布满悬挂在那里的各色星星,其间有一条也是布满星星的轻盈透明的灰色天河,以两道不均等的轻烟向着南边的地平线倾斜,地平线上没有星星,因此几乎是黑的。阳台朝向花园,园中铺着卵石,树木稀疏,而且长得不高。从阳台上可以看见夜间的大海,它是苍白的,像乳白色的镜面,昏睡似的一动不动,沉默不语。星星们也像是沉默着。在这整个悄然无声的夜的世界里,有一种单调的、一刻也不中断的清澈的响声,仿佛是会发声的梦。

我在想什么呢?

《传道书》①说:“我专心用智慧寻求查究天下所做的一切事,乃知上帝叫世人所经练的,是极重的劳苦……”“上帝造人原是正直,但他们寻出许多巧计。”于是《传道书》的作者像慈父一般教导我们:“不要行义②过分,也不要过于自逞智慧。”而我总是“自逞智慧”。我“行义过分”。

我在想什么呢?我这样问自己的时候,我想回忆起刚才我究竟想了什么,并且立刻开始琢磨自己的念头,觉得那个念头好像是最妙、最不可思议的,在我一生中是注定要产生的。我想什么了?是什么在我心里?是关系到我周围的事物的一些思想(或者类似思想的东西)和不知为什么要把周围的事物记住、保存、留在心里的愿望……还有呢?还有这夜的伟大平静与伟大和谐给予我的伟大幸福感,以及与这种感觉并存的某种苦闷和某种私心。苦闷从何而来?从内心的一种隐秘的感觉而来——只有我一个人的内心不平静,永远在暗暗受折磨!不可能什么都不想。私心又从何而来呢?从渴望利用这幸福,甚至利用这苦闷和渴望创作一点东西而来……然而这也使

① 指《圣经·旧约·传道书》,下引第一章和第七章各一句。译者按中文版引用。

② 译者依据的中文版《圣经》是最早的中译文。

我苦恼,《传道书》说:“日后都被忘记……他们的名无人纪念,他们的爱、他们的恨、他们的嫉妒,早都消灭了,在日光下所行的一切事上,他们永不再有分了。”(第九章)

我想什么了?我想的究竟是什么并不重要,重要的是“我想”这个行为对于我完全不可思议,而更重要、更不可思议的是,我想我的这个思想的行为,我想“我一点也不了解自己,一点也不了解世界”,同时我却又“了解我的不了解”,了解我在这夜间,在这既像有生命又像无生命,既像毫无意义又像对我述说着什么极其奥秘、极其必需的话的迷惑人的淙淙声中,惘然若失。

想自己的思想,了解自己的不了解,最无可辩驳地证明我与比我大一百倍的什么东西关联着,证明我的不朽:在我体内,除我之外,显然还有某种根本的、不可分解的东西,那是上帝的一部分。

对,然而它是那没有形体、没有时间、没有空间的东西的一部分,也就是我的毁灭。享受吧,像上帝一样。可是“上帝在天上,而我们在地上”。我们一面享受,一面对于大地,对于地上的种种形体和规律在逐渐死亡。上帝没有终极,没有限度,无处不在,无名①,然而正是上帝的

① 请读者想想我国先哲老子说的:“无名,天地之始;有名,万物之母。”

这些本性使我觉得可怕极了。如果这些本性在我体内不断生长起来，我对于自己的属于人的生命，对于自己在地上的“存在”和“所行的一切事”就在灭亡……

花园里的小树黑黑的，一动不动。

卵石在小树间呈灰色，花坛上的花呈白色，再往前是悬崖，是逐渐向天空升上去的乳白色盖棺布似的大海。

这乳白色像镜子一样光滑透明，然而天边的颜色阴暗凶险，因为木星的关系，也因为南边天上几乎没有星星。

木星是金色的，大大的，在天河的末端，像帝王一样辉煌[①]，在它的照耀下阳台上看得见一点桌椅的投影。它好似另外一个世界里的小月亮，它的光辉如朦胧的金色烟柱从高天里投下来，投到呈透明的乳白色的大海上，而在天边，与这光辉对比之下，阴郁地勾画出类似黑黑的小丘一样的东西。

那一刻也不间断地以有穿透性的淙淙灌满天地和海洋的沉默的声音，时而像亿万条向前流动、不断汇合的小溪，时而像一些奇妙的、犹如以透明的螺旋形向上开放的花朵……

---

① 木星的外文名字是朱庇特，为罗马神话中的天神，相当于希腊神话中的天神宙斯。

只有人类对自身的存在感到惊讶并且思索自身的存在。这是人类与其他仍然处在乐园中、不会想到自己的生物的主要区别。不过人与人也有区别，区别在于惊讶的程度不同。为什么上帝要在我身上画一个记号，指定我来惊讶，来思索，来如此“自逞智慧”，而这个倾向在我内心又变得越来越强烈呢？在我周围唱着似乎要响彻整个宇宙的情歌的亿万夜间的草原蝉虫“自逞智慧”吗？它们在乐园中，在生命的怡然忘忧的梦中，而我已经醒了，精力充沛。世界在它们里面，它们在世界里面，而我似乎已经成了它们的旁观者。

我一面听一面想，由此，在这夜半的无声以幻术发出类似亿万条清澈透明的小溪极为顺从、毫无思虑地源源不绝流向某个无底怀抱时发出的淙淙声中，我感到无限孤独。木星从高天射下的光令人毛骨悚然地照着天空和海洋之间的广大空间，照着夜的伟大圣殿，而木星就升起在这圣殿的圣障中门上端，犹如圣灵的标志。我一个人在这圣殿里，我在这里精神振奋。

白昼是劳碌的时刻，身不由己的时刻。白昼在时间之中，在空间之中。白昼要尽地上的职责，为在地上生存服务。白昼的法要求：要劳碌，不要停止劳碌去发觉自己、自己的地位和自己的目的，因为你是尘世生活的奴隶,在其中已经给了你一定的任务、名分、名字。什么是夜晚呢?人在夜晚面前精力充沛,不可思议地“逞智慧”合适吗?本来有禁令不许品尝禁果,听呀,听听这些忘我的蝉虫:它们没有品尝,也不会去品尝!《传道书》的作者从自己的智慧中得出的难道不是对这些蝉虫的赞美?《传道书》说:“凡事都是虚空。人一切的劳碌……有什么益处呢。”(第一章)可是《传道书》又带着苦涩的羡慕说:“劳碌的人睡得香甜!”(第五章)没有比人享受自己所行的事、欢欢喜喜吃自己的面包、心中快乐地喝自己的酒更好的了!什么是夜晚呢?夜晚是时间和空间的奴隶暂时获得自由,卸下他在尘世的任务、名字、名分,以及在他精力充沛的情况下给他预备好的极大的诱惑——毫无益处的“自逞智慧”,毫无益处的力图了解,其实是极不了解,不了解世界,不了解在世界环抱中的自己,不了解自己的起点和终点。

我既没有起点,也没有终点。

我知道我有多大年纪了。这是因为有人告诉我,我生于何年何月何时,否则我不会知道自己的诞生日,自然也就数不出自己的年龄,甚至不会知道我现在之所以存在是因为生下了我。

诞生!这是什么呢?诞生!我的诞生绝对不是我的

起点。我的起点在我诞生前成胎的那个(我完全不能理解的)黑暗中,也在我父母、祖父母、曾祖父母体内,其实他们也是我,只不过形态不同,其中有很多东西在我体内几乎是一模一样地重复出现。“我记得几十亿年前我是一只小山羊。”我自己也有类似的体验(恰好是在说这句话的那个人的国家,在印度热带地区),我惊骇地感觉到我从前来过这乐园似的温柔乡。

是自己欺骗自己吗?是自我暗示吗?

我的高祖们曾经住在印度热带地区是很可能的事。他们既然能够这么多次把几乎一点不改变的耳朵、下巴、眉骨的形状传给后代,最后传给我,他们怎么就不能把与印度有关的更细微的、无法衡量的一部分肉体传给我呢?有些人怕蛇怕蜘蛛,怕到“丧失理智”的程度,这种感觉其实是从前某一生体验过的,在怕蛇怕蜘蛛的人的朦胧记忆中,他的某一位高祖曾经始终处在被眼镜蛇、蝎子、大毒蜘蛛咬死的危险之中。我的高祖住在印度。为什么看见滨海路上的椰树,看见泡在热带温水中的赤身露体的深褐色皮肤的人,我想不起当年我是自己的赤身露体的深褐色皮肤的高祖时有什么感受?

我也没有终点。

不了解,感觉不到自己的诞生,我就不了解,也感觉不到死亡;如果我诞生并且生活在一个完全无人居住、没有一个活物的岛上,我同样对死亡不会有一点点概念,一点点认识,甚至感触。我一生都生活在死亡的标志下面,可还是一生都感觉到我似乎永远不会死亡。死亡!每隔七年人就退化一次,也就是在觉察不到的再生过程中死亡一次。这就是说,我也再生过不止一次(再生的同时死亡)。我一面死亡,一面活着,已经死了许多次,然而从根本上来看,依然故我,不过又加上了自己的过去。

起点,终点。可是我对时间、空间的认识不稳定得厉害。一年年下来,我不仅越来越多地感觉到,而且意识到这一点。

人们认为我与许多其他人不同。虽然我毕生都痛苦地意识到自己所有的禀赋的弱点与不足,而与某些人比起来,我确实也不完全是个一般的人。正是因此(由于我有点不一般,由于我属于某种特殊类型的人),我对时间、空间、自身的认识和感触就特别不稳定。

这是一种什么类型,又是些什么样的人呢?这种人被称为诗人、艺术家。他们应当具备什么?他们应当具备特别强的感觉能力,不仅能感觉到自己的时代,也能感觉到别人的、过去了的时代;不仅能感觉到自己的国家、自己的部族,也能感觉到异国异族;不仅能感觉到自身,也能感觉到他人。通常人们把这种能力称之为再现能力。此外,他们还应当具备特别活跃、特别形象的(感性的)记忆力。要做这样一种人,必须是这样一个个体,他穿过自己的先辈组成的长链,经历了许多世许多劫的漫长道路,突然在自己身上显露出自己的远祖的特别完满的形象,包括远祖的种种感触的新鲜、思维的形象和强大的潜意识;这个个体在经历了那条漫长的道路以后变得无比充实,而且已经具有极高的悟性。

这种人是最大的受难者呢,还是最大的幸运儿?既是前者,也是后者。这种人的祸与福在于他那个特别强的我,在于渴求更多地肯定这个我,同时又更多地(由许多世许多劫以来积累的大量经验所致)感觉到这渴求的虚妄,更敏锐地感触到那无处不在的。比如佛、所罗门、托尔斯泰……

大猩猩在青壮年时期力气大得可怕,对周围的一切无比敏感,在千方百计满足自己的肉欲方面毫不留情,绝无顾忌;到了老年却变得优柔寡断,爱沉思默想,有了悲悯心……佛、所罗门、托尔斯泰也有与此明显相同的特点!一般来说,帝王族中有多少圣贤和天才甚至连外貌也让人想到大猩猩啊!人人都知道托尔斯泰的眉骨、佛的伟岸身材和头顶的肉髻、穆罕默德的癫痫病(有几次穆罕默德发作癫痫病的时候，天使在闪电之中向他开启了“非人间的奥秘”，又“在一瞬间”，也就是超越时间与空间的任何规律，把他从麦地那带到了耶路撒冷，带到莫里阿石上，那石“不停地在天地之间晃动”，似乎在调匀天与地，调匀无常与永恒）。

一切所罗门和佛起初都极为贪婪地接受俗世，后来又极为狂热地诅咒俗世的种种诱惑。他们起初都是罪孽深重的人，后来却成为罪恶的大敌；起初拼命攫取，后来拼命舍弃。他们全都是玛亚[1]的欲壑难填的奴隶——这个发出清脆的声响、会施妖术的玛亚，听呀，听她的话吧！——可是随着年龄的增长，他们又都越来越强烈地感觉到那无处不在的，感觉到自己不可避免地要消失于其中……

阳台上忽然有了空气、花坛上的花香、大海的清新气息的微弱运动。不一会儿就听见从下面什么地方慢慢涌到岸上来的、半睡半醒的海浪沙沙地发出一声轻轻的叹息。它是幸福的，打着盹的，无思无虑的，顺服的，正在死去而对此一无所知！它涌上来，泼在岸上，以灰蓝色的光——无数生命之光——照亮了沙滩，然后慢慢退去，回

---

① 印度宗教哲学中的万物之母。

它的摇篮和坟墓去。于是无数生命似乎更加疯狂地歌颂起四周的一切来,那将金色光柱投到大水镜上的木星在天上似乎也闪着更加可怕、更加威严的光……

难道我已经不是没有起点,不是没有终点,不是无处不在?

我的婴儿时期,童年时期,与我相隔几十年。无限遥远!然而只要我稍微想一想,时间就开始融化。我不止一次体验到一种十分奇妙的东西。不止一次,我回到儿时、青少年时代去过的田野,环顾四周,忽然感觉到,自那以后我经历过的漫长岁月似乎并不存在。这完完全全不是回忆,不是,只不过我又变成了从前的我,完全是从前的我。我又像从前一样面对着那些田地,那野外的空气,那俄罗斯的天空,像儿时、青少年时代一样在那里,在那条村道上感受着整个世界!

在这样的时刻,我不止一次想:我在那里的每一瞬间的生活似乎在我那个我的无数无限小的深深秘藏着的底片上留下了,神秘地印上了自己的痕迹,其中的一些突然苏醒,显示出来。一秒钟以后,它们又暗下去,回到我本体的黑暗中。但是没有关系,我知道它们存在。“物质不灭,只是变异。”说不定有一种东西不仅在我一生中,而且在几千年的过程中都不会变异呢?我的祖先,我的远祖传给我的这种印迹太多了。富于才能,富于天赋——难道不是富于这种印迹(有先天遗传的,也有后天获得的),不是某种对这些印迹的敏锐感觉,不是当阳光偶尔照到这些印迹从而显示出来的它们的数量?

不久前,我偶然在黎明时分醒来,忽然想到自己的年龄而感到惊骇。一个活了四五十年的人在我眼里曾经是很特别,几乎是可怕的活物。现在我也成了这样一个活物。我问自己:我到底是什么,我现在究竟变成了什么?我努了一把力,从旁观察了一下自己——多奇妙啊,我们可以这样做!当然,我有一种活生生的感触,感触到现在的我与十岁、二十岁的我完全相同。

我点亮了灯,照了照镜子,发现皮肤已经不那么滋润,线条固定了,鬓角挂了点霜,眼睛也有点褪色……那么结果又如何呢?

我特别轻快地起身,走到别的房间去,那里还只有朦胧的光,还像夜间一样平静,然而已经在逐渐接纳慢慢诞生的新的一天,微弱而神秘地齐我的胸部把明暗分开。

特别的,黎明前的平静还笼罩着这个被称为城市的巨大人类巢穴。有许多窗户的楼房一幢幢无言地矗立着,和白天有点不大一样,住在里面的许许多多人看上去那么不相同,却一样在沉睡,一样没有知觉,一样无助。

我下面的一条条街道也沉默着(还空无人迹,还干干净净),但是在透明的昏暗中已经亮起了绿色的煤气灯。忽然间,我又有了我一生中往往在天刚亮醒过来的时候体验到的那种无法表述的感觉——感觉极为幸福,像孩子一样相信生活甜美并为之心灵深受感动,感觉某种全新的、非常好非常美的事物开始了,感觉和我一起生活在地上的一切与我那么亲近、友爱、一致。在这样的时刻我总是非常理解圣使徒彼得的眼泪,他正是在黎明时分那么新鲜、年轻、充满柔情地感触到了他对耶稣的爱有多强烈,而前一天夜里,由于害怕罗马兵丁,他犯下的罪有多大![1] 我又一次完整地经历了(就像我本人的经历)那个遥远的、福音书上说的橄榄山上的早晨,当时彼得如何不认主。时间消失了。我以全部身心感觉到:两千年的时间算什么!瞧,我已经活了半个世纪,只要把这段时间乘以四十,就是基督、他的众门徒、"古"犹大地、"古"人类的时代。还是那个太阳,那经过一个不眠之夜脸色苍白哭肿了眼睛的彼得看到的太阳,那个太阳眼看又要升起来照在我头上。现在充塞着我的心胸的情感也几乎就是

① 据《圣经·新约·马太福音》等四福音书记载,圣使徒彼得在耶稣受难前一天夜里,天亮鸡叫前,曾经三次否认他是耶稣的门徒。

当年在客西马尼充塞着彼得的心胸的情感，这些情感使我流出的眼泪也像当年彼得在篝火旁边流下的眼泪一样甜蜜，一样苦涩。那么我的时间在哪里？他的时间又在哪里？我在哪里？彼得又在哪里？我们纵使是在一瞬间合二为一了，我的那个我又在哪里？我一生都极想确定他，把他分离出来。说我生活在所谓二十世纪，而不是彼得、耶稣、蒂维里时代，这完完全全说明不了什么！我在想象中那么多次体验过别人的、遥远的过去的生活和情感，仿佛我在任何时间、任何地点都生活过！我的现实与我的想象、我的感情（其实也是现实，是无疑存在的东西）之间的界限在哪里呢？

我一生都有意无意地在制服，在捣毁空间、时间、形体。我对生活的渴求无法满足，无法计量。我不仅活在自己的当下，同时也活在我的整个过去；不仅过着自己的生活，也过着千千万万种别人的生活，包括与我同时代的和最最久远的过去时代的。这是为了什么？是否为了在这条路上毁灭自己，或者相反，为了一面充实和加强自己，一面确立自己？

有两类人。一类人数众多，他们属于自己的一定时间，自己在尘世的建树、事业，好像几乎没有过去，没有先辈，是印度智者所说的那链上的可靠环节。至于那链的始与终都多么可怕地向无穷中隐去，这与他们何干？另一类人相比之下则很少，他们不仅不是实干家，不是建树者，相反，是已经认识到事业和建树何等虚妄的十足的破坏者，他们总是在沉思、内省，对自己对世界都感到吃惊。这是些“自逞智慧”的人，已经暗暗地响应了那远古的号召：“脱离那链！”已经在渴求融化、消失于太极之中，同时又极为痛苦，还依恋他们曾经存在于其中的一切相，一切化身，尤其是自己的现在的每一瞬间。这是些极具天赋的人，他们从数不尽的先辈那里继承了极为丰富的知觉，他们感觉得到那链上的无穷远的环节，那些在自己身上奇妙地（会不会是最后一次？）重现了乐园始祖（始祖的肉身）的力量和容光的生命。他们已经失去了乐园，可是在他们对待尘世的态度中还表现出乐园的官能。由此产生了他们的严重的二重性：一方面害怕脱离那链，为此痛苦不堪；另一方面又意识到那链的虚妄，对它彻底失望，要离开它。他们每一个人都有充分的权利重复那古老的感慨：“永恒与太极呀！你曾不知欲为何物。你本寂静，是你自己打破了寂静：你开始了无限长的化身之链，而每一化身又必须逐渐失去形体，向怡然的初始靠近。如今你日益响亮地召唤我：‘脱离那链！不留痕迹，不留遗物，不留后继！’主啊，我已经听到你的声音了。但是与在世的欺人而又苦涩的甘甜分手我还觉得痛苦。你的无始与无终仍然使我惧怕……”

如果不能把这欺人而又难以言说的甘甜的“在世”铭刻在肉体中,那么即使能铭刻在文字中也好啊!

我在世最久远的日子,若干千年以前,我有节律地述说过大海的有节律的喧嚣,歌唱过使我快乐和使我悲伤的东西,歌唱过蓝天和白云的高远与美丽,歌唱过女人的体形以其不可思议的美使我受到的折磨。现在的我仍旧是那个我。是谁为了什么目的责成我不停歇地肩负这重担——不间断地说出自己的感情、思想、观念,不是简单地说,而是准确、优美、有力地说,要说得迷人,让人陶醉,让人感到悲哀或者幸福?是谁为了什么目的使我心中产生以我自己的生活去感染人们,把我自己转交给他们,在他们心中寻找同情同感并与他们融成一体的无法满足的愿望?从我的婴儿时代开始,除了这种“私心”,除了渴望充实自己(为最充分地表达自己所必需),我没有别的感觉、别的想法,也看不见、听不见、闻不见别的东西。我不仅先为攫取的永恒欲望所拘,后来为挥霍的永恒欲望所拘,还要从亿万自己的同类中脱颖而出,成为他们知晓的,值得让他们羡慕、欣喜、惊叹、永远纪念的一个。对于任何一个人,他一生的光环就是对他的纪念。人们在一个人的棺木前的最高祝愿是永垂不朽。没有一个人的灵魂不暗自梦想这个光环。那么我的灵魂呢？我的灵魂苦苦地梦想着——什么目的、什么原因啊？——梦想把自己，自己的感情、幻想、愿望留在世上直到末日，梦想制服那个叫作我的死亡的东西，制服那个对于我时候一到就会降临，而我总是不相信、不愿意也不能相信的东西！我不知疲倦地无声地用我的整个身心高喊："日头，停住！！"明知我这样做实际上于己无益，反倒有害，可是我喊得更加起劲——既然我注定要制服时间、空间、形体，感觉到自己的无始无终，也就是感觉到那像蜘蛛把蛛网吸回去一样正重新把我吸回去的太极，我只能这样做。

蝉虫们叫呀叫。它们也注定要回归太极，然而它们的歌是甜蜜的，只是对于我显得苦涩——那歌充满乐园的无思无虑、怡然不自知！

木星已到达自己的最高点。夜在它面前也到达极度的无声、极度的无动静，到达自己最美、最庄严的时刻。"夜传递知识给夜。"什么知识呢？是不是也在它这个最隐秘的、盛极的时刻？

布满星星的天空这个无涯无底的圣殿变得更加堂皇威严，许多黎明前的大星已经登上这圣殿。投到昏睡着的大海的乳白色镜面上的朦胧金色光柱已经完全垂直。

铺着色泽苍白的卵石、草木稀疏的南国花园中那些黑而矮小的树木似乎更见矮小，更加没有动静。以自己那仿佛有穿透性的淙淙填满天地与大海的沉默的一刻也不停歇的清澈水声，也更加像一直呈透明的螺旋形向上开放的奇异花朵……这有声的沉默最后会达到什么境界？

又是那叹息声，生命的叹息，涌到岸上然后泛滥开去的海浪的沙沙声，接着又是空气、大海的清新气息、花香的微弱运动。我像是刚刚睡醒。我环顾四周，并且站起身来。我跑下阳台，踏着卵石走去，起初走在花园中，后来从悬崖上跑下去。我踏着细沙走到水边坐下，怀着快意把双手浸入水中，立刻亮起了亿万闪光的水滴，无数的生命……不，我的时候还没有到！还有比我的一切智慧更加强有力的东西。这夜的水的怀抱对于我仍然像女人一样使我渴望……

上帝呀，留下我吧！

一九二五年

传说

在管风琴伴奏下，大家都在唱歌，歌声柔和、哀伤、动人，述说着："主啊，与你在一起真好！"听着琴声和歌声，我忽然活生生地看到了她，感觉到了她——这是我意料之外的，突然间不知从哪里来的臆想，像所有我的类似的臆想一样。今天我一整天都想着她，生活在她的生活和时间里。她生活在久远的过去，那是我们称之为古代的时日，但是看见的也是我现在看见的这个太阳，也是我如此热爱的这片土地，这座城市，这座大教堂——它的十字架像古时候一样插入云端，她听到的歌声也是我现在听到的。那时候她年轻，她吃，她喝，她笑，她和邻居闲聊，她一面干活一面唱歌，她做过姑娘，做过未婚妻，做过妻子，做过母亲……她死得早，可爱的、活泼的女人往往死得早，在这座大教堂里给她举行了葬仪，她离开人世已经好几百年，这期间世上发生过许多次新的战争，有过许多新的教皇、国王、士兵、商人、僧侣和骑士，而她的遗骨，她的又小又空的头盖骨却一直在地下躺着，躺着……地下有多少像这样的骨头和头盖骨啊！人类的整个过去，全部历史，是难以胜数的死者！总有一天我要加入他们的行列，像他们所有的人（到审判日会使整个大地沉没的数不清的人）一样，也以自己的骨头和棺木吓坏活人的想象，然而毕竟还会有新的活人梦系着我们这些死者，梦系着我们的早已成为过去的生活，早已成为过去的时代，觉得很美，很幸福，就因为是传说的。

一九四九年

（以上为陈馥译）

附　录

我的简历

《二十世纪俄罗斯文学》要我的生平和创作资料，现在我只能部分地完成这个嘱托，简短地写一点。

我生于一八七〇年十月十日。父亲叫阿列克谢·尼古拉耶维奇，母亲叫柳德米拉·亚历山德罗夫娜(外祖父姓丘巴罗夫)。

布宁家族的情况我略有所知。这个家族产生过一位闻名上个世纪初的女性——女诗人安娜·彼得罗夫娜·布宁娜，还有诗人瓦西里·安德烈耶维奇·茹科夫斯基(A. И. 布宁的非婚生子)。我家与基列耶夫斯基、格罗特、尤什科夫、沃耶伊科夫、布尔加科夫、索伊莫诺夫家都有一点亲戚关系。关于我们家族的起源，在《贵族纹章》一书中有记载："布宁家族是十五世纪从波兰到瓦西里·瓦西里耶维奇大公这里来的知名人士西梅翁·本科夫斯基的后裔。他的曾孙亚历山大·拉夫连季耶夫·布宁效忠弗拉基米尔并在喀山附近阵亡。御前大臣科季马·列昂季耶夫·布宁因政绩加英勇获得封地。布宁家族的其他许多人同样曾为军事首领或获其他头衔并拥有一些村庄。以上种种,均由沃罗涅日贵族代表会议关于将布宁家族列入古代贵族世系谱第六卷的文件证明……"

丘巴罗夫家族(亦属古代贵族世系)的情况我几乎不了解。我只知道这个家族的人是科斯特罗马、莫斯科、奥廖尔、坦波夫等省的贵族;我母亲的祖父和父亲在奥廖尔县和特鲁布切夫县都有地产。大概连丘巴罗夫家的人对自己的家族也知之不多,我国贵族完全无视保存家族血缘关系证据的必要。我几乎从少年时代起就是一个"独立思考的人",不仅对自己的高贵血统满不在乎,就是完全失去与我的高贵血统有联系的一切,也无所谓。我在青少年时代完全沉浸于诗歌中,即便是我后来写的所谓"贵族的挽歌",其实也比我的某些评论家说的少很多——他们甚至到我那些几乎没有我的私生活和个人情感痕迹的作品中去寻找痕迹,许多都是强加给我的。

我的曾祖父很阔。我的祖父在奥廖尔省(叶列茨县)、坦波夫省、沃罗涅日省都有地产,但是好像都不多。祖父的兄弟们把地产分了。祖父不很正常,是个"疯子"。他身后能留下多少财产啊?而我父亲连剩下的这点财产也不吝惜。他不管不顾、挥霍浪费得非同寻常。他曾经以当时所谓“志愿兵”的身份参加了克里木战役，后来又为了我两个哥哥尤利和叶夫根尼的教育于一八七〇年迁往沃罗涅日市，这两件事是我家破产的特别重要的原因。我就是在沃罗涅日市出生的，头三年在这里生活（我还记得那个时候的一些事情，虽然十分模糊）。我没有能够在城里长大。父亲太喜欢上俱乐部、喝酒打牌，三年半以后不得不迁回叶列茨县他的独院田庄。在这里，在极其寂静的田野间，夏季在一直长到我家门口的庄稼间，冬季在高大的雪堆间，我度过了我那充满凄凉而独特的诗意的童年。

论体质，父亲是个健壮得非同寻常的人，直到他的长长的生命终点，他在精神上也几乎同样地健壮。在最艰难的情况下他的沮丧也只能维持一会儿，发怒的时间更短，虽然他的脾气非常急躁。他三十岁以前，也就是出征克里木以前，没有尝过酒的滋味。后来他开始喝酒，有的时候喝得吓人，虽然没有一点醉汉的典型特征；有的时候几年都不喝（我恰好出生在这样一段光明的时日当中），也没有在嗜酒的同时染上其他不良嗜好。他上学的时间不长（念的是奥廖尔中学），厌学，但是看手头的书看得津津有味。他有活跃而形象的思维——说话用词总是惊人得果断并且绘声绘色,受不了逻辑推理。他那容易激动、说一不二、坦率大度的个性无法阻挡。他整个人是那么自然,那么天真烂漫地浸透了贵族出身的感觉,我想象不出他在什么圈子里会惊慌失措。连他的农奴们都说“世上没有”比他“更朴实更善良的人”。他把我母亲的财产也挥霍掉了,其中一部分甚至是分赠给了别人——他有一种难以满足的分赠欲望。这个很有天赋的有趣的好人,在八十岁上能够轻松平静地离开人世,很大程度上得益于他经常行猎,经常在户外活动。

母亲除了善良健康以外,一点也不像父亲。正因为她的体质好,她也长寿,虽然一生多坎坷,最后二十年为哮喘病所苦,而且出于热烈的宗教情感严守斋戒二十五年直到去世。外祖父也爱喝酒,但是文明一些,如果可以这样形容的话;他在军中服过役,出过国,在华沙生活过,总之,在地主当中比较出众。我母亲受到的教育比我父亲受到的教育要高雅一些;她性格温柔(不排除在某些情况下又十分刚强),有牺牲精神,容易悲观,容易伤心落泪。她对她的家庭,包括九个孩子(其中五个先她而去),极为忠诚,与他们分别是她无法忍受的。我幼小的时候,我的哥哥们都不在她身边,父亲常常离开她到坦波夫省的庄园去打猎,过着入不敷出的生活,因此使母亲伤心落泪的重大原因不少。

父亲总是那么精力充沛，他的这个性格特征以及其他一些特征对我的遗传性的影响，在我身上却是到后来才表现出来。我再说一遍，父亲很少和家人在一起，而我家的“家奴”不多，那个时候我们和邻近的地主、亲戚都很少来往，我没有同龄人（妹妹玛莎还完全是个小娃娃），也没有玩具、游戏，以及玩玩具、玩游戏的爱好，但是感受力不同一般。我记得对我最有影响的是新的面孔，新发生的事情，田野里的歌声，朝圣者讲的故事，田庄后面的神秘谷地，关于某个逃亡士兵的传说（他差点被吓死饿死，躲在我们的庄稼地里），总飞到我家院墙上来的那只大乌鸦——尤其震惊了我的想象的是，母亲说这只大乌鸦可能在伊万雷帝时代就存在，还有窗户朝西边樱桃园开的几个房间里的夕阳……母亲和家奴们喜欢讲故事，我从他们那里听到很多歌谣和故事，《小红花》《三位长老》等我后来在书上看到了。我最初的语言知识就来源于此。种种地理和历史条件使得我们的极其丰富的语言融入并且产生了大量的方言土语，几乎涵盖罗斯的四面八方。

从我七岁开始，生活在我的记忆中是和田野、农舍紧紧联系在一起的，后来加上我的老师。读书以外的闲暇时光，直到我上中学，包括放假回家来，我几乎都是在我家那个独院田庄附近的一些村子里，在我们从前的农奴和独院地主们家里度过的。朋友们一来，我往往整天整天和他们一起出去放牧……我的老师是个非常古怪的人，他本是一位贵族长的儿子，上过拉扎列夫东方语言学院，在奥斯塔什科夫、坦波夫、基尔萨诺夫教过书，后来因为酗酒就与亲人乃至社会都断绝了来往，变成一个在一些村子和地主庄园之间流浪的人。他意外地依恋上了我们这家人，尤其是我。他的这种依恋之情，他的讲不完的故事（在流浪的过程中他成了一个见多识广的人，又博览群书，掌握三种语言）也使得我热烈地爱上了他。他十分迅速地教会我读书（用荷马的《奥德赛》做教材），激发了我的想象，一会儿讲奥斯塔科夫那边熊多的森林，一会儿讲堂吉诃德，使我认真做起骑士梦来！他不时用他那些独特的，有时是我听不懂的话语，唤起我对人生和人类的思考。他拉小提琴，画水彩画，有的时候我和他整天整天弯着腰，咂画笔上的水彩，咂到想呕吐的程度。我一辈子都忘不了第一盒颜料带给我的无法形容的幸福感，在一段相当长的时期我着迷地幻想成为画家，着迷地观察天空、大地、光照。我的老师还写诗，是从前的那种音节诗，讽刺时事，于是我也写了一首诗，然而与时事毫无关系，写的是月夜山谷里的精灵。那个时候我才八岁，可是我至今清楚地记得那山谷,仿佛昨天才亲眼见过。总之,那个时候很多东西在我的想象中都特别生动,准确。

不过我的老师教我教得很不好,太随意。他教语言不知为什么偏重教拉丁文,我有不少日子苦苦地背拉丁文文法。

我上中学前两年(我十周岁上中学)还有一大爱好——爱好圣徒行传,开始斋戒,祈祷……起初这爱好十分甘美,由于我的小妹妹纳佳死了,就变成持续了一个冬季的哀痛,使我不停地思索人死后怎么样了。我记得使我复原的是春天。只有学校当局带领我们中学生到叶列茨的教堂去做彻夜祈祷的时候,我的这种哀痛情绪会变为喜极而泣,虽然一般来说我并不喜欢教堂仪式。(现在我喜欢古俄罗斯教堂里的,异教的即天主教的,伊斯兰教的,佛教的,尽管我并不信奉任何正统宗教。)

中学和叶列茨的生活给我留下的印象远远不是快乐的,谁都知道俄国的中学,尤其外县的中学,是什么样子,俄国的县城又是什么样子!离开完全自由放任的生活,离开母亲的照料,到城里去生活,面对中学里严格得荒唐可笑的规章制度和我不得不去寄宿的商人小市民家庭的让我难以接受的生活方式,其间的反差实在太大。开始我学习很好,几乎门门课都学得挺轻松,后来就差了,我开始生病，人越来越瘦，脾气越来越坏，更倒霉的是我恋爱了，那个时候我的恋爱和后来我青年时期的恋爱一样，虽无邪念，却很狂热。结局是我辍学回家。

我幼小的时候读书不多，也并不那么爱读书，不过家里有的，还没有被食客们和父亲从前的仆人加朋友撕了去卷烟的，我几乎都读遍了。直到现在我还记得，我当时怎样读格贝尔编纂的《英国诗人》《鲁滨孙飘流记》、扯得破破烂烂的《绘画评论》，好像是一八七八年的，不知谁写的带插图的《地球与人》……这些书在我心中唤起的情感的实质至今仍然存在，但是难以表述。主要的是，我看见了我读到的东西，后来甚至是过于敏锐地看见了，这个特点给予我一种特殊的快感。

那个时代中学里学的许多东西都是我一点也不喜欢的。（上中学头几年给了我特别诗意、特别欣喜的印象的，现在想起来是安徒生的《钟》。）在中学时期我几乎没有写过诗，虽然我很爱看别人写的诗，而且背诵能力强，连六脚韵的诗我看一遍也几乎能把整整一页都背下来。（总的来说，我的记忆力很好，我感兴趣的东西记得很牢，但是不能强记——早年我就曾经试图以果戈理的方式锻炼自己的观察能力，结果证明不行。）

不过离开学校在叶列茨县的淀子村[1]庄园(外婆的遗产)生活的那四年当中,我写满了许多许多张纸,读了许多许多书。回到家来我的身体很快就好了,一下子长大起来,欣喜地感觉到自己的青春活力和体能在不断地增长。就在这个时候,已经大学毕业、因政治事件坐了一年牢的大哥尤利被押送回乡监管三年[2],他指导我完成了中学学业,教我几种语言,读给我听心理学、哲学、社会和自然科学的启蒙书籍,此外我们还没完没了地谈文学。记得那个时候一切在我看来都很迷人:人、自然、外婆那座有彩绘窗户的古色古香的大宅、邻居的庄园、行猎、书籍(一看见书我就有一种几乎是生理上的快感)、每一朵花、每一种气味……

少年时代的我开始写作不费力气,因为我时而模仿这位作家,时而模仿那位作家,多半是模仿莱蒙托夫,也模仿一点普希金,甚至模仿普希金的字体,后来出于需要开始讲属于自己的东西,多半是爱情,这就难了。那个时

---

① “淀子村”是意译,音译为“奥泽尔基村”。

② 布宁的大哥(1857—1921)在莫斯科大学数学物理系读书的时候与革命民粹主义者接近,一八八一年因参加地下活动小组被开除,一八八四年因邻居告发在淀子村庄园被捕入狱,一年后押送回乡由警察当局监管三年。

候我抓到什么读什么:新旧杂志,莱蒙托夫、茹科夫斯基、席勒、韦涅维季诺夫、屠格涅夫、马科列伊、莎士比亚、伯林斯基等人的作品。后来真正爱上了普希金,同时,虽然时间不长,也迷上了纳德松,主要与他的死有关。总之,从童年时期直到多年以后,作家在我的头脑中是高等生物。(记得我第一次读到《可怕的报应》以后不久,我的老师讲的关于果戈理的故事使我十分震惊——他见过果戈理一次,那篇作品的韵律总是使我特别激动。)我自己好像从来没有想过要比普希金、莱蒙托夫矮一头,莱蒙托夫家的克罗波托沃村离我家不过二十五俄里,几乎所有的大作家都出生在附近一带地方,这不是我自命不凡,只不过出于一种感觉,好像只能是这样。然而这并没有排除我对作家总的热爱之情,即便是对纳扎罗夫这样的作家。淀子村的小酒馆老板有一次对我说,叶列茨出了个“作者”。我立刻前往叶列茨,在集市上的一家小饭馆怀着兴奋的心情认识了这位纳扎罗夫,他出身于小市民阶层,自学成为诗人。当时我非常喜欢的新作家是迦尔洵(他自杀使我万分震惊)。我也喜欢埃尔杰利,虽然那个时候我就感觉到他有点文绉绉的,不够朴实,模仿屠格涅夫,在标点符号上做文章做到令人不快的程度,过多地用删节号。契诃夫(当时我还没有看到过他的幽默短文)也有让我感到不快的地方，觉得他写得草率，淡而无味……

一八八七年四月，我把我写的一首诗[①]寄给彼得堡的《祖国》周刊，这首诗发表在当年五月的一期上面。我永远忘不了这天早上，我拿着这一期杂志从邮局返回淀子村，一路扯着树林里沾满露水的铃兰花，一遍又一遍地读自己的作品。那年夏天我写得特别多，读得也特别多，为了避开干扰，也为了“观察神秘的夜晚的生命”，我几乎有两个月夜里不睡觉，只在白天睡觉。

一八八八年九月，我的诗[②]发表在由 П. А. 盖杰布罗夫出版的《周报丛刊》上，谢德林、格列布·乌斯宾斯基、列夫·托尔斯泰、波隆斯基的作品常常在这里发表。盖杰布罗夫对我极为关注，不许我为别的刊物撰稿，把我置于他的绝对领导之下。

由于父亲的关系，我家的经济状况再一次恶化。大哥尤利迁往哈尔科夫。一八八九年春，我也到哈尔科夫去了，接触到一些瘾最大的所谓“激进分子”。我在哈尔科夫生活一段时间以后就到克里木去了。根据父亲的讲述，我幼小的时候就把克里木想象得极富诗意，结果发

---

① 指《乡村乞丐》，刊登在一八八七年五月十七日出版的《祖国》周刊第二十期上。

② 当时无题，后题为《沉寂》。

现，在那里一昼夜步行四十俄里，任烈日暴晒，任海风吹拂，因为肚饥、年轻而身轻如燕，真是妙极了。从那年秋天起，我开始为《奥廖尔导报》工作，有的时候辞去工作到淀子村庄园或者哈尔科夫去，有的时候又重新为这家报社工作，要我干什么就干什么——校对员、翻译、戏剧评论员等，幸亏这些事情都没有缠住我。在这里，又一次让我丧魂落魄的是持续很久的爱情[①]。

两年之后我才回到比较正常的生活轨道上，回到比较正规的文学和自修工作中来，迁到波尔塔瓦，尤利大哥在波尔塔瓦的省自治会任统计处处长。在波尔塔瓦，我在自治会机关当图书管理员，后来也当统计员，为一些报纸写过许多与地方自治会的事务有关的通讯。我用功读书，写作，乘车或步行遍访小俄罗斯各地——我的任务既轻松又自由，后来我迷上了托尔斯泰的说教，开始寻访住在波尔塔瓦附近和苏姆斯基县的"同道"，干上了箍桶的行当，推销媒介出版社的出版物。我跟着亚·亚·沃尔肯施泰因去拜见过托尔斯泰本人，对他的直观给了我一种真正震撼人的印象，使我彻底放弃了过平民化生活的想法。——就在那个时候，艺术家托尔斯泰也已经在同等

① 即布宁与帕先科(莉卡的原型)相爱并同居。

程度上令我狂喜。不过这个时期使我着迷的还有福楼拜[1]、《伊戈尔远征记》、最壮丽最庄严的小俄罗斯《民谣》、密茨凯维奇[2]的某些作品(尤其是他写的克里木十四行诗、叙事诗、《塔杜施先生》中的某些篇章,为了读密茨凯维奇的作品,我甚至学了波兰文)。

在为《奥廖尔导报》工作期间,我常常抽空写作,在《北方导报》《观察家》和一些画报上发表自己的作品,还出版了我的第一本诗集——诗写得很幼稚,倾心得失度。对这本诗集的第一篇评论出现在《行家》杂志上,奇怪地指责我模仿费特,劝我最好写散文。其他评论倒很赞许。在波尔塔瓦我开始比较认真地对待小说创作了,我写的第一篇短篇小说(无题[3])投给了当时由克里文科和米哈伊洛夫斯基主办的《俄国财富》杂志。米哈伊洛夫斯基撰文说,我将来会成为一名"大作家",这篇小说刊登在一八九四年四月号[4],不知是谁冠之以《乡村草图》的标题。就在那个时候,A. M. 热姆丘日尼科夫特别关注我,开始和我通信,把我推荐给《欧洲通讯》:斯塔休列维奇是个非

① 福楼拜(1821—1880),法国著名作家。

② 密茨凯维奇(1798—1855),波兰诗人,民族解放运动革命家。

③ 后来题为《丹卡》。

④ 俄文版编辑更正为一八九三年四月号。

常严格的人，有的时候严格到不公平的程度。（还有一件事，事情虽小，却很典型。我在一首诗里写了一句：“黑麦灌浆了，正开花。”斯塔休列维奇觉得奇怪：“给谁灌？”于是给“灌浆”这个动词加上自动动词词尾。热姆丘日尼科夫竭力为我辩护。）

一八九五年一月，我辞去工作，第一次来到彼得堡，见到几位作家，有米哈伊洛夫斯基和克里文科。克里文科对我像父亲一般慈爱。就在这一年，我在莫斯科认识了契诃夫、巴利蒙特、埃尔杰利、勃留索夫（当时他还是大学生）。后来我匆匆一瞥见到过科涅夫斯基和杜勃罗留波夫。他们给我的印象有如头脑和心灵中装满杂乱无稽的东西的大男孩，原因既在于他们自己的病态，也在于他们读过的东西。我还见过一位诗人，当时在莫斯科很有名，因为出了一本书献给“自己和埃及女王克莉奥佩特拉”，还因为大家说他头戴毛皮高帽，肩披毡斗篷，身上穿的是内衣，把利爪绑在自己的手指上，在诗歌创作的形式上实行了若干变革。可是他比别人更早地放弃了所有这些“胆大妄为”，这些“对珍品的重新估价”，而且，唉，未能进入“俄罗斯近代文学”史，虽然许多人长期把“盖上你的苍白的脚”之类的东西全都归到他的名下。

一八九五年十月，与《俄国财富》决裂的克里文科主编、波波娃出版的《新言论》刊登了我的短篇《走向天涯》，反应很好（尤其斯卡比切夫斯基的反应好，他的话在当时是很有分量的）。第二年秋天，我愉快地接受了波波娃的建议——出版我的短篇小说集。这本书于一八九七年一月问世，几乎得到一致的赞扬。这时候我突然离开彼得堡，消失了很长一段时间，不仅是人消失了，好几年都没有再发表什么作品。有两年我行踪不定，时而在奥廖尔省，时而在小俄罗斯，再一次去过克里木，到过莫斯科，越来越频繁地与新老作家会见，到媒介出版社去——托尔斯泰常顺便去看看……我自己感觉到自己在成长，由于内心产生许多重大变化，我毫不留情地毁掉了当时写得不多的散文，发表了一些诗（不过度倾心的，主要是写景的），翻译了许多作品——表达别人写的东西容易些。

从这个时候起我才步入比较成熟的人生阶段，从外表到内心都是复杂的，也是我至今感到亲切的，详细加以说明是个难度很大、非短时间能完成的任务。因此，我只好进一步简化我的这篇简历。

一八九八年，我娶了著名流亡革命家察克尼（希腊人）的女儿为妻。婚后一年半住在敖德萨（在那儿我与一个南俄画家小组的人常来往）。后来我与妻子离异，为已经不妨碍我在某种程度上正规工作的流浪生活规定：冬天去两大都会[①]或乡下，偶尔去海外，春天去俄国南方，夏天主要在乡下。这段时期我成了著名的“星期三”文学小组的直接参与人之一，这个小组的核心人物是 Н. Д. 捷列绍夫，经常参加活动的有高尔基、安德烈耶夫、库普林等。在我们大家头上发生的革命风暴瓦解了这个小组，很长时间没有活动。从一九〇七年起，薇拉·穆罗姆采娃做了我的生活伴侣。从这个时候起，我特别渴望到处漫游和写作。八年来我写出了我发表的全部作品的三分之二。这些年的见闻也特别多。夏天我们总是在乡下，其他时间我们几乎都在异乡漫游。我不止一次去过土耳其、小亚细亚沿岸一带、希腊、埃及，一直走到努比亚，漫游过叙利亚、巴勒斯坦、奥兰、阿尔及尔、君士坦丁堡、突尼斯、撒哈拉边缘地带，远航至锡兰，几乎走遍整个欧洲，尤其是西西里和意大利（最近三年的冬季我们是在卡普里岛上过的），到过罗马尼亚和塞尔维亚的几个城市；无论在什么地方，用巴拉丁斯基的话来说，“故乡的草原呀，我的伤心的爱，我总是向你们走来。”——接着又是“遍游人间，观察人类……”

---

① 两大都会指彼得堡和莫斯科。

至于说到我这些年的文学活动，它的过程和进展状况是众所周知的。一八九八年末，我的译著《海华沙之歌》问世，给了我的某些一向急于(或不得不)表达自己的看法和爱憎的评论家以口实，据此一唱一和地把我算作唱牧歌和“好冥想”的人。一九〇〇年，蝎子出版社出版了我的第一本诗集，但是我很快就不再跟这家出版社打交道了，因为我毫无兴趣与这些新的同仁一起扮演寻金羊毛的英雄，或者恶魔，或者术士，不想唱高调，虽然某些评论家已经在说我“迷上了颓废派”，没完没了引用我的十四行诗《阿尔卑斯山中》来证明，其实这首诗的含义根本不新鲜，就像普希金写的一首十四行诗的含义，那首诗中说：“你会听到蠢人的裁判”。另外一些评论家却赞许我遵循了什么“遗训”，什么“传统”，其实爱天才、爱独立、爱智慧、爱品味根本谈不上遵循什么传统。一九〇二年，知识出版社出版了我的文集的第一卷——自那以后，在知识出版社积极活动时期，我几乎一直是与他们关系最密切的撰稿人。这三本书出版之后，我又出版了一些什么书，已经无须再说。众所周知，我不止一次获得科学院颁发的普希金奖，一九〇九年我被选为科学院荣誉院士，一九一二年成为俄罗斯文学爱好者协会荣誉会员，现在是这个协会的临时主席等。我还要补充的一点是，今年马尔克斯书籍出版社的《田地》杂志以副刊登载由我自己编辑的我的文集，包括所有我认为比较值得发表的作品。

总的来说，我的生活道路相当不寻常；对我的生活道路乃至对我本人，长期以来一直存在着一种相当错误的看法。就拿我头十年的文学活动来说，大多数评论我出版的头几本书的人不仅急于给我定位，不仅竭力一锤定音地量出我的才能为几何（不顾他们自己不得不一再改变判决的事实），而且还给我的天性做鉴定。结果是：没有比我更好静的作家（“秋、感伤情绪、贵族之家的歌者”等等），没有比我更一成不变、心平气和的人。其实我正好不好静，也远远没有成形。相反，在我的内心，悲哀和欢乐，个人情绪和对生活的极大兴趣是反差很大地混合在一起的。总之，我的实际生活比我当时发表的为数不多的作品所表现的要复杂百倍，紧张百倍。某些评论我的人过了一些时候就捐弃了原先给我戴的帽子，正如我上面说的，有了一百八十度的大转变——起初称我为“颓废派”，后来称我为“帕耳那索斯派①”“冷漠大师”，而其

① 传说帕耳那索斯是希腊神话中阿波罗和缪斯众神居住的一座山，法国的一些诗人于一八六六年出版了《当代帕耳那索斯》作品集，主张艺术家脱离政治，追求美的形式，被称为帕耳那索斯派。

他人继续坚持说“秋的歌者，精致的天才，美文，爱自然，爱人……有点像屠格涅夫，有点像契诃夫”这一类的话（虽然我从来没有任何地方像契诃夫）。不过那个时候的文坛本来就吵吵嚷嚷得一塌糊涂。

我的文学活动的第二个十年大家还记忆犹新。众所周知，在这个时期对我的态度变了，对我的关注没有不足了。我只想指出一点，遗憾的是这一点在俄罗斯文学界一再重复，即某些人对我的《乡村》《夜语》《旱谷庄园》的看法。起初，在听到人们对我的艺术赞扬的同时，别的什么意见我没听到过啊！有的人甚至不害臊地说我这个地主（事实上我从来没有当过地主）只不过是被革命吓破了胆，他们指责我的出身，好像我是俄罗斯文学界第一个、也是唯一的一个“贵族”，要人们相信对于乡村来说我只不过是一个“外来的知识分子”，还莫名其妙地扯上我的“印度之行”，其实出行当然只会给我带来好处，莎士比亚说得对，“蛰居在家的智者离愚昧不远”。按公式化的思维模式，为了迎合传统，对生活又完全不了解，某些人谈起我写俄罗斯人民的作品总要加上一句“而事实并非如此”，可是又拿不出任何证据来，只说些“天才的火花”“可喜的”细节，再引出陀思妥耶夫斯基、丘特切夫，或者格列布·乌斯宾斯基和契诃夫的话来搪塞，虽然我从来不否认这些“火花”存在，虽然我说的是总体的、典型的，而非细节，虽然陀思妥耶夫斯基和丘特切夫对于我来说根本不是非有不可的，虽然他们也骂乌斯宾斯基有“阴郁愤世的悲观主义”，“完全不了解人民”，虽然用契诃夫来指责我的时候几乎一字不差地重复了他们用契诃夫的前辈来指责契诃夫的话。这些当然都合乎事物的常规。人人都知道《智慧的痛苦》一书的命运。[①] 人们还曾经异口同声地骂《死魂灵》和《钦差大臣》：“这是污蔑，这不可能”呢。据阿·费·科尼证明，冈察洛夫也“不得不听人说他根本不了解、不理解俄罗斯人民”。陀思妥耶夫斯基的《罪与罚》（不是在别处，而是在《现代人》杂志上）被说成是“对青年一代的污蔑”，是“胡说八道”，是“可耻的捏造”，是“最微不足道的作品”……现在情况更糟，我国文学说谎到了不成样子的地步，评论界堕落得不可收拾，老百姓和城市之间形成了巨大的鸿沟，今天的城市知识分子只能从书本上了解贵族，从出租马车车夫和扫院工身上了解农民，至于士兵——只有从一句话上去了解他们：“是，大人。”今天的城市知识分子不会跟老百姓说话。描写经过矫饰的罗斯的人，捧着古书编造从来没有人说的、罗斯

① 由于书刊检查，作者活着的时候此书未能问世。

得过火到令人极其反感的程度的拗口语言，只管胡说八道，品位日益低下……然而我仍不止一次想：历史就这样写下去吗？人们喊一阵"这是污蔑，这不可能"之后，没过几年，被说成是"不可能"的东西就被认为是"经典的"了，而且完全为文学教师们所采用，这不是很可怕吗？

尽管如此，对于严肃认真的评论，即便在当时，我也不会说抱怨的话。

一九一五年

我怎样写作

我怎样写作？年轻的时候精力分散得很厉害。写作一向是我的所好，同时我又想生活，因此不是任何时候都写得合我的意。我年轻时候的写作几乎总是过于仓促，出于偶然。即使在评论家说我把每个句子都修饰得非常好的时候，我的状况也是如此。

……雕琢句子！我从来没有这样做过。而且什么叫"雕琢"？对于作家来说，形式与内容不可分割地联系在一起，形式是自然而然地从内容中产生的。

后来我的工作渐渐正规、舒缓起来。我习惯于只在平静的状态下工作——为此我要独处，在乡下，或者像晚些时候那样，到意大利的卡普里岛上去。不过我写起来总是有点像暴饮。我一坐下去写作，这就意味着不写完不站起来。而且我从来不在夜里写作，现在也是如此。总之，心情烦躁的时候我不工作……

我在什么情况下决定写作呢？……多数情况下我完全是突然决定的。我的写作欲望总是出现在我有了某种激动我的心灵的忧伤或者快乐的感觉，而这感觉往往又与展现在我面前的情景，与某一个人的形象，与某种人类的感情关联……这是最初阶段。有的时候我会久久地沉浸在这最初的阶段中，有的时候我会立刻坐下来写——如果我在乡下，很安静，我一个人，正处在工作的轨道上。然而这并不是说，我一提笔就预先知道整篇作品是怎样的，我该写什么。这种情况很少。我开始工作的时候，头脑里往往不仅没有现成的情节，甚至还没有完全明白最终的意图，只模糊有了最一般的构思。在这最初阶段，左右着我的不是现成的意图，而只是最一般的构思，只是作品的调子——如果可以这样表达的话。我常常不知道我会如何结束这篇作品，有的时候你写的结尾与你开始写的时候，甚至与你写作过程中设想的完全不同。我再说一遍，在写作的最初阶段只有最主要的，像是整个作品的基调的东西……

对，第一句话有决定性的意义。它首先决定着作品的长短，以及整篇作品的调子。还有，如果一开始调子定得不对，那就难免乱套，搁下开头，或者干脆把开头写的东西当成废品扔了……

……我从来不在外来的影响下写作，总是从“自己的内心”出发。要等到我内心产生了某种东西我才能写，否则我就无法写。我从来不会也不能仿照。我不能也不肯以某种“精神”写作。总之，我在自己的写作中从来没有给自己提出过什么外在的任务……我写诗的时候也从来没有给自己一个任务故意扭曲诗行，弄点“新花样”。顺便说一句，我没有在自己的诗歌和散文之间画一道界线。我的诗歌也好，散文也好，都是有韵律的……只是紧张度不同而已。

我从来不受“外来”的影响还有一层原因。我从来没有在别人的作品影响下写作的愿望。当然，别人写得好的东西总是会激起我的写作愿望。在这方面我和一位作家完全相反，他说当他不想写作的时候，他就从书架上拿克鲁格洛夫或者兹拉托弗拉茨基的作品来看。“那实在太糟了，以至于我就想自己来写！……”我再说一遍，促使一位作家去创作的初始感觉是如何产生的，这是个奥秘，很难捕捉。这种感觉来到我心里的时候，我或者在田野里，或者在大街上，或者在海上，或者在家中，与我悟到了什么或者碰到了什么样的一张面孔同步，有的时候是在看书的过程中。以什么方式呢？一个字，往往是最平常的字，或者一个人名，就唤醒了感觉，由感觉产生写作的意愿。于是你立刻听到那个呼唤你的声音,由这声音产生整篇作品……

一九二九年

(以上为陈馥译)

布宁生平与创作年表

一八七〇年 旧俄历十月十日(公历10月23日)出生于沃罗涅日省沃罗涅日市。三年半后举家迁居父亲的独院田庄(布特尔基),位于利佩茨克省叶列茨县远郊。

一八八〇年 十周岁,进叶列茨县中学读书。

一八八五年 辍学,回到叶列茨县淀子村庄园(奥泽尔基——外婆的遗产)。此后由已经大学毕业、因参加民粹派活动被捕、一年后押送回乡监管的大哥辅导,完成中学学业。大量读书,广泛涉猎文学。

一八八七年 五月十七日,《祖国》周刊发表他的诗作《乡村乞丐》,副标题为"第一首发表的诗"。据俄文版布宁文集编者按,此前他已发表过《悼纳德松》。

一八八七至一九一七年 发表大量诗歌,包括一九〇〇年写的长诗《叶落时节》。

一八八九年 春季,随大哥去哈尔科夫,接触到一批激进的民粹主义者。

一八八九年 秋季，开始在《奥廖尔导报》编辑部工作，认识了叶列茨一位医生的女儿瓦尔瓦拉·弗拉基米罗夫娜·帕先科，对她产生了刻骨铭心的终生的爱情；二人共同生活约五年，一八九四年帕先科离去，嫁给了布宁的朋友比比科夫。

一八九一年 在奥廖尔出版第一本诗集（作者青少年时期的习作结晶），并于该年随大哥去波尔塔瓦，开始认真写小说。迷上了托尔斯泰学说，曾开书店为媒介出版社推销书籍。

一八九三年 四月，由《俄国财富》发表他的短篇小说《丹卡》，冠以《乡村草图》的标题。

一八九五年 一月，辞职，去彼得堡、莫斯科，进入文学界，认识了契诃夫——他们之间的友谊持续到契诃夫逝世。

一八九五年 十月，短篇《走向天涯》发表在与《俄国财富》决裂的克里文科主编、波波娃出版的《新言论》上，大获成功。

一八九七年 第一本以《走向天涯》为题的小说选集在彼得堡出版，几乎得到一致赞扬。

一八九八年 六月，在敖德萨成为著名的“星期三”文学小组的直接参与人之一，这个小组的核心人物是捷列绍夫，经常参加活动的有高尔基、安德烈耶夫、库普林等。该年曾出版布宁诗歌与短篇小说集《在开阔的天空下》。

一八九八年 九月，娶著名流亡革命家、俄籍希腊人察克尼的女儿为妻，不和，于一九〇〇年三月初离异。不到五岁的儿子于一九〇五年一月十六日死于猩红热。

一八九八年 年末，译著《海华沙之歌》问世。

一九〇〇年 出版诗歌与短篇小说集《野花》，写出《安通苹果》《墓志铭》等。一九〇〇年后的几年，数度漫游欧洲和东方古国。

一九〇一年 年初，诗集《叶落时节》问世，得到著名俄国诗人勃洛克的好评。该年发表的短篇作品有《八月》《秋》等。

一九〇二年 自这一年起，由高尔基主持的知识出版社出版布宁作品单行本。

一九〇三年 十月十九日，获俄罗斯科学院最高奖普希金奖。

一九〇六年 十一月四日，在莫斯科与莫斯科市参议会委员之女、第一届国家杜马主席之侄女薇拉·尼古拉耶夫娜·穆罗姆采娃结婚，一同出游埃及、叙利亚、巴勒斯坦等东方古国。后数次出游东方。该年写出《数目字》《早年纪事》等短篇作品。契诃夫十分赞赏《数目字》。

一九〇九年 第二次获普希金奖,并于该年被选为俄罗斯科学院荣誉院士。发表《小小罗曼史》《天上的飞鸟》等短篇作品。

一九〇九至一九一二年 是作者认为他的创作成熟期的开始。

一九一〇年 第三次获普希金奖,并于该年发表他在莫斯科完成的中篇小说《乡村》,声名鹊起。

一九一〇至一九一一年 一九一〇年十二月至次年四月,携妻游锡兰(后来发表《兄弟》《大水》《鸟影集》等短篇作品)。

一九一一年 在瓦西利耶夫斯科耶村完成中篇小说《旱谷庄园》,在意大利卡普里岛完成《好日子》《蛐蛐儿》《夜语》等短篇作品。《旱谷庄园》被认为是继《乡村》之后作者创作的飞跃。

一九一二年 在意大利卡普里岛完成《伊格纳特》《扎哈尔》《最后的幽会》等短篇作品,并于该年成为俄罗斯文学爱好者协会荣誉会员,后为该协会临时主席。

一九一三年 在意大利卡普里岛写出《末日》《莠草》《路边》《生命之杯》《我总不吭声》等短篇作品。

一九一四年 在意大利卡普里岛写出短篇小说《兄弟》。

一九一五年 在莫斯科写出《爱情学》《旧金山来的绅士》等短篇作品。

一九一六年 写出《儿子》《铁骑武士之歌》《轻轻的呼吸》《阿昌的梦》《活套耳》等短篇作品。

一九二〇年 一月二十六日,乘一艘希腊小轮船离开俄国赴君士坦丁堡,经巴尔干,最后定居法国。

一九二一年 在巴黎写出《割草人》《变容》等短篇作品。

一九二二年 在安布瓦斯写出《陈年旧事》等短篇作品。

一九二三年 在阿尔卑斯写出《不相识的朋友》《黑夜的海上》等短篇作品。

一九二四年 在阿尔卑斯写出中篇小说《米佳的爱情》及许多短篇作品。

一九二五至一九二六年 在阿尔卑斯写出《日射病》《伊达》《莫尔多瓦无袖长衫》《叶拉金案》《夜》《大水》《神树》等短篇作品。

一九二七年 在巴黎《俄罗斯报》上首次发表长篇小说《阿尔谢尼耶夫一生》前四部,三年后由《最新消息报》发表第五部。

一九三三年 获年度诺贝尔文学奖。

一九三七年 《托尔斯泰的解脱》问世。

一九三七至一九四四年 精心创作短篇小说,后汇集为《暗径集》。

一九五〇年 在巴黎出版《回忆录》一书。

一九五三年 十月八日,在巴黎逝世,遗体葬于巴黎市郊俄国侨民公墓。

一九五六年 布宁的作品首次在苏联出版。

一九七三年 苏联科学出版社出版的国家级文学档案《文学遗产》第八十四卷(上、下册),为布宁专卷。

“蓝色花诗丛”总书目

（按作者出生年月先后排序）

你是黄昏的牧人	[古希腊]萨　福	罗　洛 译
天真的预言	[英]布莱克	黄雨石 等译
狄奥提玛	[德]荷尔德林	王佐良 译
致艾尔薇拉	[法]拉马丁	张秋红 译
城与海	[美]朗费罗	荒　芜 译
请你记住	[法]缪　塞	宗　璞 等译
浪漫主义的夕阳	[法]波德莱尔	欧　凡 译
这无穷尽的平原的沉寂	[法]魏尔伦	罗　洛 译
新月集·飞鸟集	[印度]泰戈尔	邹仲之 译
东西谣曲	[英]吉卜林	黎　幺 译
我爱那如此温柔的驴子	[法]雅　姆	戴望舒 等译
北方的白桦树	[俄罗斯]布　宁	陈　馥 等译
未走之路	[美]弗罗斯特	曹明伦 译
裂枝的嘎鸣	[德]赫尔曼·黑塞	欧　凡 译
注视一只黑鸟的十三种方式	[美]史蒂文斯	王佐良 译

沙与沫	[黎巴嫩]纪伯伦	绿　原 译
重返伊甸园	[英]劳伦斯	毕冰宾 译
荒　原	[英]T. S. 艾略特	赵萝蕤 等译
对星星的诺言	[智利]米斯特拉尔	王央乐 等译
小小的死亡之歌	[西班牙]洛尔迦	戴望舒 译
不要温顺地走进那个良宵	[英]狄兰・托马斯	海　岸 译

(待续)